Appreciation
and
Creation
of
Inscribed
Poems

题画诗
鉴赏的
与
创作

尚佐文
著

上海书画出版社

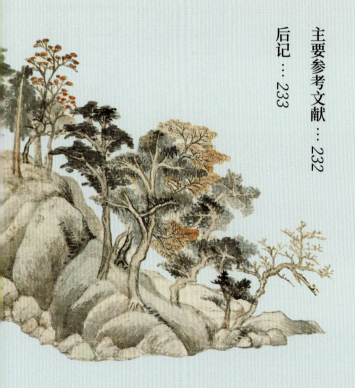

3 题画诗创作技法举隅

目录

引 言

诗书画印"四位一体"的艺术形式，是中华文化孕育出来的一颗璀璨明珠。其中的题画诗，禀诗之心、借书之形，为画点睛增色，具有独特的魅力。

题画诗有广义和狭义之分。广义的题画诗，指一切以绘画为吟咏对象的诗词；狭义的题画诗，则专指其中写在画上、成为画面有机组成部分的诗词，它既是一种文学文本，又是一种艺术形式。广义的题画诗和狭义的题画诗，外延有大小，发展不同步，分别进行研究分析，在诗词和书画领域都很有理论意义和实践价值。

本书探讨的是狭义的题画诗。以此为基点，沿波讨源，梳理题画诗的发展历程；撷英拾翠，感受题画诗的缤纷异彩；简练揣摩，探寻题画诗的创作门径。所选例诗，大多其画犹存，可以对画读诗，全面体会诗书画交融之美。

随着传统文化日益受到全社会的关注，诗词与书画相结合的传统也正在回归。希望这本小书的出版，在供广大读者了解和欣赏题画诗作品的同时，对有志于题画诗创作的诗友和画家能有所助益。

题画诗概说

1

何谓题画诗？题画诗起源于何时？

这是两个相互关联的问题。界定不同，则源头各异。离开界定说起源，必陷入一团乱麻，愈理愈纷，乃至无所适从。所以，要了解题画诗，首先要从如何界定题画诗说起。

（一） 题画诗的界定

古今学者有不少关于题画诗的论述，到目前为止，刘继才先生的《中国题画诗发展史》（东北大学出版社2021年出版）应属集大成之作，对以往研究成果作了较为全面的总结。该书第一章第三节《中国题画诗之滥觞》中，归纳了当代关于题画诗起源的五种观点：

一是认为，战国时代诗人屈原的《天问》是最早的一首题画诗；二是认为，东汉武氏祠石室画像石的赞文是最早的题画诗；三是认为，题画诗产生于魏晋南北朝之际，如西晋傅咸的《画像赋》，杨宣为宋纤像所作的颂等，还有人认为庾信的咏画屏诗"是题画诗始作俑者"；四是认为，题画诗从北宋开始；五是认为，题画诗起于元代文人画兴起之后。

以上五种观点，关于题画诗的起源时间竟然相差1500多年，似乎不可思议；但如果考虑论者对"题画诗"的定义，则多能自圆其说。其间可注意的有两点：一是题画诗是否一定要题写在画作之上；二是人物画有其特殊性，像赞的出现很早，但其性质与后起的作为绘画创作有机组成部分之一的山水画、花鸟画上的题诗有很大差异。

考查古籍中所说的"题画诗"，基本上是指以绘画作品为吟咏对象的诗作，并不一定要题写在画面上。清初王士禛说：

> 六朝已来，题画诗绝罕见，盛唐如李太白辈，间一为之，拙劣不工；王季友一篇虽小有致，不能佳也。杜子美始创为画松、画马、画鹰、画山水诸大篇，搜奇抉奥，笔补造化。（《居易录》卷二）

这里提到唐代诗人的题画诗，大致是指李白的《观博平王志安少府山水粉图》《当涂赵炎少府粉图山水歌》，王季友的《观于舍人壁画山水》，杜甫的《戏为双松图歌》《韦讽录事宅观曹将军画马图》《画鹰》《戏题画山水图歌》《奉先刘少府新画山水障歌》等诗作，都不是直接题在画上。一些以"题画诗"为名或被认为是题画诗集的书籍，如宋孙绍远纂古今人题画诗八卷为《声画集》、宋末元初的郑思肖自撰《题画诗》、范迂《题画诗》（见《御定佩文斋书画谱·纂辑书籍》）、康熙四十六年编纂《御定历代题画诗类》一百二十卷，所收"题画诗"也不全是甚至大多不是直接题写在画作上的。这是广义的"题画诗"。

狭义的"题画诗"，则是指直接题写在画作上的诗词，诗作为画面的有机组成部分，从而形成诗书画印"四位一体"的艺术形式。洪丕谟先生在其《历代题画诗选注》的《卷首语》中说：

> 题画诗——这种诗画结合，画上题诗的特产，正是中华民族美学高度发展的重要标志之一。我国绘画发展到画上题诗，始于宋代文人画崛起时期；唐以前虽然也时有诗人题画之作，但却往往另写别纸而不是直接题在画上的。

洪丕谟先生从"题画之作"中析出狭义的"题画诗"概念，很有意义，因为作为画面组成部分的题画诗，和仅以绘画作品作为吟咏的

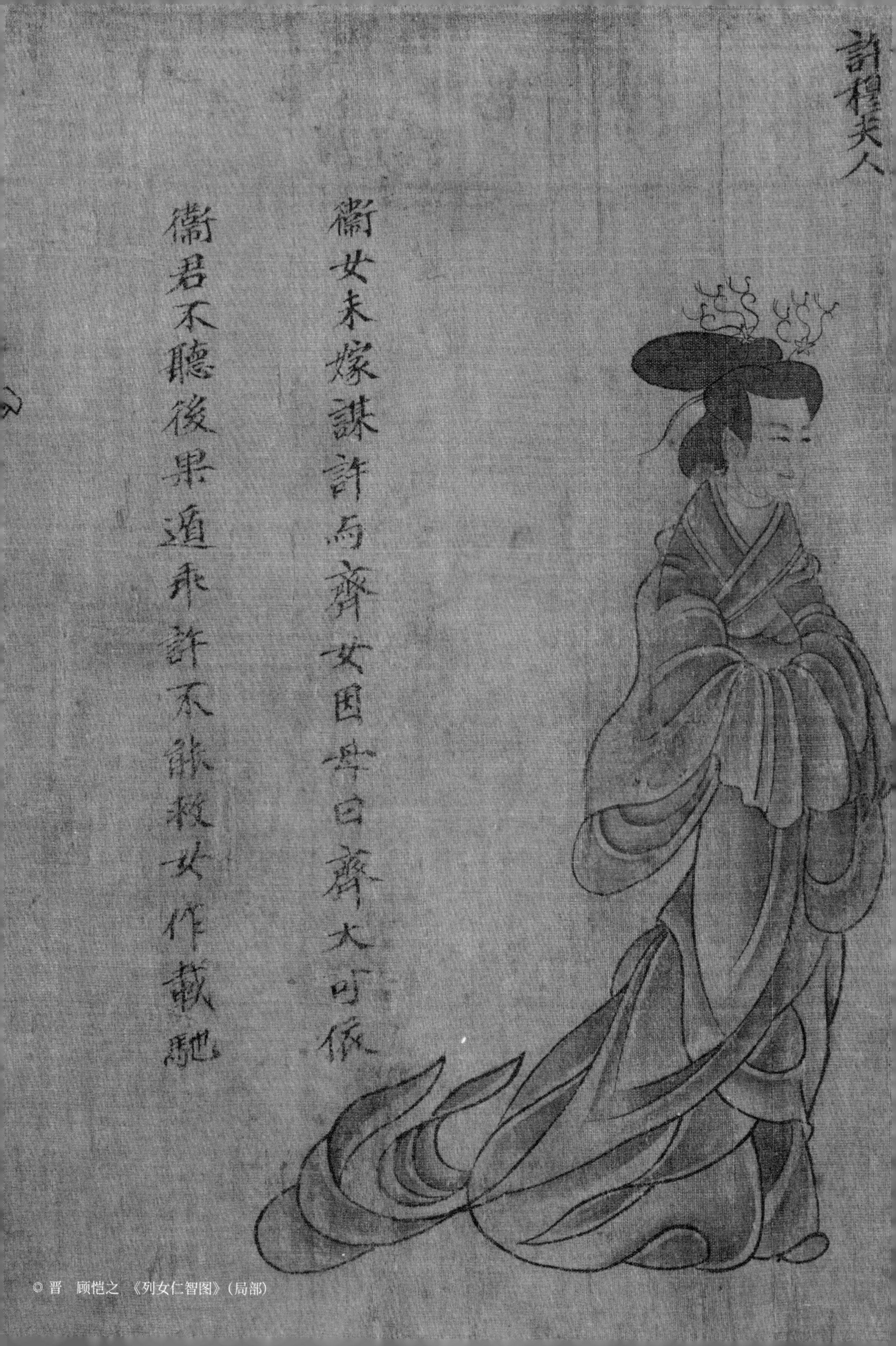
許穆夫人
衛女未嫁謀許與齊女因母曰齊大可依
衛君不聽後果遁乘許不能救女作載馳
© 晋　顾恺之 《列女仁智图》（局部）

诗词，在内容、作法、篇幅等方面都有很大区别。有趣的是，洪先生这本《历代题画诗选注》，却并未按照他自己的定义取舍，仍然选入了李白、杜甫等"不是直接题在画上的"作品。可见，"题画诗"这个名称，很容易带来认知上的混乱。原因在于"题"字义项的不确定性。比如古诗标题中的"题"字，有时是"题写、书写"的意思，如南朝宋鲍令晖《题书后寄行人诗》、南朝梁陶弘景《题所居壁》；有时是"以……为题"的意思，如西汉王瑹《题淇河》、唐张九龄《戏题春意》。

那么，画上的诗作，是否就是狭义的"题画诗"呢？有两种情况需作辨析。

一是"画诗"，也就是今天习称的"诗意图"。毛奇龄在《陈老莲诗跋》中说："古有画诗，无题画诗。颜真卿赠张志和诗五首，志和依其诗作人物、舟楫、烟波、鸟鱼以答之。唐人谓李十郎诗画人争为画是也。"（《西河集》卷六十）从史料上看，唐之前就有为诗作画的记载，如《晋书》本传载顾恺之"每重嵇康四言诗，因为之图"。从流传画作（包括摹本）看，顾恺之的《女史箴图》《洛神赋图》《列女仁智图》，均可视为"画诗"。《列女仁智图》根据汉刘向《古列女传》中故事图画人物，每段后的颂词也出自该书。如许穆夫人画像后书录《古列女传》颂词："卫女未嫁，谋许与齐。女因母曰，齐大可依。卫君不听，后果遭乖。许不能救，女作《载驰》。"

唐代"画诗"，除上举张志和画颜真卿诗外，宋葛立方自述在毗陵曾见王维画孟浩然像，上有王维题跋云："维尝见孟公吟曰：'日暮马行疾，城荒人住稀。'又吟云：'挂席几千里，名山都未逢。泊舟浔阳郭，始见香炉峰。'余因美其风调，至所舍图于素轴。"画虽不传，王维曾画孟浩然诗意，当属可信。

唐以后"画诗"也屡见记载。如《文待诏题跋》载："（马）和之，绍兴间人，画师吴道玄，好用挈笔，所画多经书故事。思陵尤爱其画，每书《毛诗》，虚其后令和之为图。"宋邓椿《画继》载宫廷画院考试，

振人盦居人情满眼云
山发未明云山此生多历
吾未清此山于意山
作天著言犯
横後笔当自解分别
香光六十八岁画伯荣和题
冊千韵

以"野水无人渡孤舟""乱山藏古寺"等诗句命题，也属"画诗"之流亚。此后历代都有"画诗"者，存世名作有宋李唐据唐人刘商诗画《胡笳十八拍图》、明文徵明据屈原诗画《湘君湘夫人图》、清禹之鼎据王维诗画《幽篁坐啸图》等。

"画诗"是先有诗后有画，画据诗而作；"题画诗"是先有画后有诗，诗为画而作。显然，"画诗"作品上的诗词，不应纳入"题画诗"的范畴。

有时画作完成后，画家选取古人诗句题在画上，这既不是"画诗"，当然也不是自己创作的"题画诗"，属于一种特殊的情形。如华嵒《万壑松风图》所题"不必天风起，松多自有声"，出自明末清初屈大均五律《题太仓张氏学山园》，因其与画境相合而借以题画。古人缺乏著作权意识，用他人诗句题画往往不说明原作者是谁。如董其昌名画《秋兴八景图》，多用宋元人诗词题画，但未署作者名。如果原诗及其作者不是很知名，很可能会被误认为画家自撰。如曾鲸绘《苏文忠公笠屐图》，上书一首七绝："得嗔如屋谤如山，且看蛮烟瘴雨间。白月遭蟆蚀不尽，清光依旧满人寰。"署款为"波臣曾鲸敬写"。释者多以为是曾鲸诗，其实曾鲸是借用了元代诗人郑元祐的《东坡笠屐图》。

二是鉴藏题诗。历代鉴藏家有在前人画作上题诗的习惯，因而一幅绘画作品完成后，在漫长的岁月中会呈现"层累"的效果。适度的鉴藏题款，能

◎ 明 董其昌 《秋兴八景图》（局部）

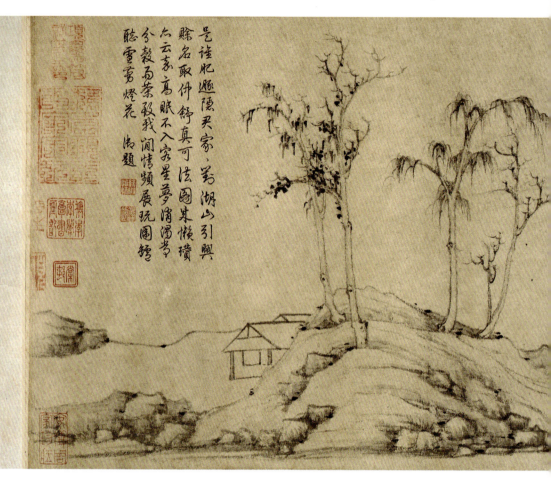

保存递藏信息、增加文化含量，为收藏者所珍视；但过犹不及，不加节制也会对画作产生损害。乾隆皇帝就将这种习惯发挥到极致，毫无顾忌地在名画上题诗钤印，被诟病为"贴狗皮膏药"的狂魔。如倪瓒《虞山林壑图》，右上原有倪瓒自题五律一首，乾隆在上方题写了一首七绝；《安处斋图》右下方原有倪瓒自题七律一首，乾隆在左上方题写和韵诗，蒋溥又于画面左侧题写和乾隆诗。

鉴藏题诗为画而作、题写在画上，内容可以围绕画境展开，这与绘画创作过程中题写在画上的诗词有相近之处；当然它也可以超出这个范围，比如写画作递藏过程中的人与事。但它是在绘画完成之后题写的，

湖上齋居處士家淡烟踈柳
望中縣英時為善年．樂憂
順謀身事々佳竹葉夜香虹
崗酒菊菌春照磨頭茶幽樓
不作紅塵容遍莫寒江捲浪
花八月望日寫安處齋嵩并
臟長句俾贊

◎元　倪瓚　《安处斋图》

并没有参与到"诗书画印"四位一体的构思与创作的过程，因此从严格意义来说，鉴藏题诗不应纳入"题画诗"的范畴，可视其为"类题画诗"。

题写在画上的诗，可以是画家自题，也可以是他人题写。如元代王冕善画梅，也善为题画诗，但时人更喜欢上面有贡性之题诗的王冕画，否则就"不贵重"。以至贡性之曾作诗调侃："王郎日日写梅花，写遍杭州百万家。向我题诗如索债，诗成赢得世人夸。"（事载贡性之《南湖集》贡钦序，转引自《四库全书总目提要》）

本书所采用的是题画诗最严格的界定：题画诗，是指在绘画创作过程中，由绘画作者或他人创作并题写在画上的诗词作品。这个界定包含几层含意：主题，与该画作相关；时间，在一个完整的创作过程内；空间，题写于画面；要素，诗以书法为媒介，与书、画、印共同形成四位一体的艺术形式；体裁，包括诗、词，以及赞、颂等类诗词作品；性质，须为原创，一般是专为所题画创作的诗词，偶有使用诗意契合的旧作的情况。

与广义的"题画诗"相比，按此界定的题画诗不仅外延不同，还存在本质上的区别。如果不是题在画上，"题画诗"实为"咏画诗"，属于咏物诗范畴。杜甫《韦讽录事宅观曹将军画马图》和他的《房兵曹胡马诗》，虽然一咏真马、一咏画马，但并没有文体意义上的区别。只有在绘画创作过程中创作并题写在画上的诗词作品，才不止是一种文学文本，同时也是一种艺术形式，成为绘画作品创作要素和成果之一。

当然，具体到每幅画作，情况有时会比较复杂。如明代沈周《魏园雅集图》，记录了沈周与友人在魏昌园墅雅集的情景，上有诗七首，为参与雅集的七人所题写。据主人魏昌题跋，雅集过程中，"静

◎ 明　沈周　《魏园雅集图》

城市多喧隘
人自結廬行藏循
四勿事業藉三餘
留室嘗新釀呼
孫倍舊書悠悠
清世裏何妨上去
車祝顥

青山歸舊隱白首愛吾廬花落
晚風外鳥啼春雨餘懶添中後
酒倦掩讀殘書門徑無塵俗時
來長者車

練川陳建為
公美賢契題

收人栖息受花寒一茅庐地俯塵丕到
身閒樂有餘芙蓉池上石辦斜壁皆書
我為耻幽賞時乗駐小車
彭城劉珏

擾城中地何妨自結廬安居三世遠開園百弓餘僧
授前秦法皃鈔種樹書尋總知小出過市卯巾車
沈周

魏氏園池上重李非篁盧松添五尺許堂檻一
車餘不羨逍城壁惟耽陶架上語至皆膠昌老
寫一集車

抗俗寧忘世容身
且擊廬樵名出吳
下風物似秦餘畫
壓東林贈銘堂太
史書雜懷能解
楄緩步即安車
侗軒丈命應禎寫
禹作公美強予真室

解近集群彦衣冠克襄對峰青山供眺外白雪倡酬餘
興發空尊酒時来閱架書出門沉醉別不記送高車
成化己丑冬季月十日完菴劉僉憲厓田沈啟南過
予適侗軒祝公靜軒陳公泰政嘉禾周題舫艭
至村與會酌酒酣興發靜軒首賦一章諸公和之
后田文作圖寫詩其上遂草之間爛然有輝矣不
揣小續貂其後傳之子孫俾不忘諸公之雅意去

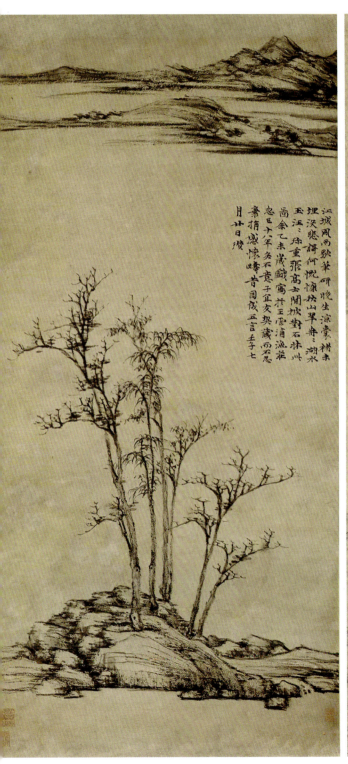

◎ 元　倪瓒《渔庄秋霁图》

◎ 元　倪瓒《容膝斋图》

轩（陈述）首赋一首，诸公和之，石田又作图，写诗其上"。如此，则是先有诗后有画，画成后再题诗于画上。诗非为画作，似非"题画诗"；画非为诗作，亦非"诗意图"。但诗、画均围绕雅集创作，主题一致，如无魏昌题跋说明，与一般题画诗无异。将其归于题画诗，也无不可。

还有画作完成后自己主动或应人请求又题诗画上的。如倪瓒《渔庄秋霁图》，作于乙未年（元至正十五年，1355），虽无题款，当时创作过程已经完成；十八年后的壬子年（明洪武五年，1372），作者重见此画，感怀畴昔，题诗并跋。倪瓒壬子年作《容膝斋图》赠人，受画者于甲寅年（1374，倪瓒在世最后一年）三月携画来找倪瓒，请他题诗后准备将画转赠给一位医师，倪瓒又题诗并跋。这种在已完成画作上又题诗词的行为，应视为创作活动的延展，所题诗词也应归入题画诗之列。

还有一种情况，是画家并未特意新作诗词，而是用自己的旧作题写于画上，这种情况不同于"画诗"，可算作题画诗，但与本书所言如何创作题画诗无关。如吴昌硕《菜蔬图》题诗："花猪肉瘦每登盘，自叹酸寒不耐餐。可惜芜园残雪里，一畦肥菜野风干。"跋语称："录旧作补空。"

再有一种情况，题画诗为得意之作，一再用之。王冕、恽寿平、金农、郑燮、吴昌硕等都有这种情况。如恽寿平诗："乌鹊将栖处，溪烟欲上时。秋声何处起，风在最高枝。"一题于《风林晚鸦图》，一题于《古木寒鸦图》；金农诗："龙池三浴岁駸駸，空抱驰驱报主心。牵向朱门问高价，何人一顾值千金。"一题于《牵马问价图》，再题于《牵马图》；"去年新竹种西墙，今岁墙阴笋渐长。一日生枝三日叶，秋来便已蔽斜阳。"两见于《西墙竹石图》和《谷雨新篁图》。

附带说说题画诗的诗题与画题。诗词的标题，是为了交代诗词创作的目的和背景，与诗词正文是一种互补关系。题写在画面上的题画诗，画作本身就已显示了目的和背景，一般是不写标题的。因而题画诗如果编入诗文集或单独结集，需自拟或由他人代拟标题。

而画也分有画题、无画题两大类。有画题的，又分两类，一类是大字醒目书写画题，如王翚《秋林读易图》、沈周《庐山高图》；一类是将画题包含在题款中，如倪瓒《安处斋图》，在画幅左下方先题诗一首，诗后跋："十月望日，写《安处斋图》并赋长句。倪瓒。"无画题的，则可根据画意代拟题名，或拈出画家题款中几个字作画题。如王翚《万壑千崖图》，本无画题，画家于面的右上方题"万壑树声满，千崖秋气高"，两句各取二字作为画题。因是后人所拟，故有时一幅画会有不同的画题。如文徵明题"碧树鸣风涧草香"画，吴湖帆据画意拟题为《绿阴清话图》，故宫则拟题为《绿荫长话图》。

有画题又有题画诗的，给题画诗拟标题就容易了，直接写"题某某画"即可。如前述《安处斋图》上的题诗，可拟题为《题安处斋图》。

无画题的画作，后人著录时会代拟画题。上有题画诗的，就可以按画题拟诗题。如唐寅这幅画，本无画题，以题诗表明画意。后人根据画意，命名为《陶谷赠词图》。画上有题诗：

> 一宿姻缘逆旅中，短词聊以识泥鸿。
>
> 当时我作陶承旨，何必尊前面发红。

可直接用《陶谷赠词图》为诗题，也可用《题陶谷赠词图》。《六如居士集》用的是《题画陶谷》。《唐伯虎全集》《六如居士集》等画家诗文集中，不少诗词都简单地以"题画"为标题，就是因为原本题写在画上，是没有标题的。

© 明　沈周　《庐山高图》（局部）

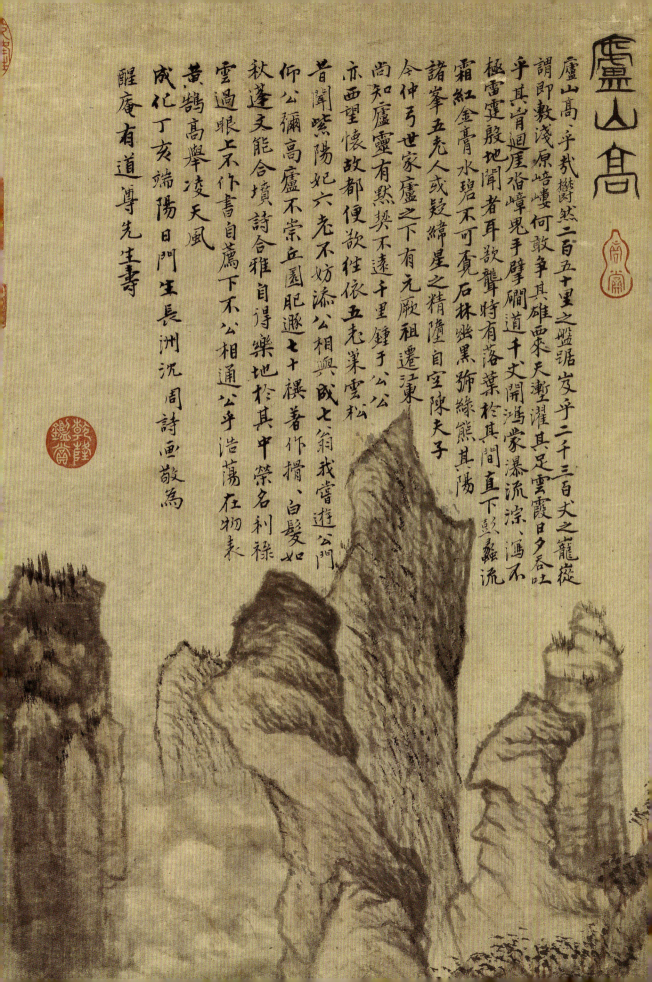

廬山高

廬山高，高乎哉，鬱然二百五十里之盤踞，岌乎二千三百丈之巃嵸
謂即敷淺原培塿何敢爭其雄，西來天塹濯其足，雲霞日夕吞吐
乎其窅冥崖岫兒手攀蹲道千丈開鴻濛瀑流淙淙鴻不
極雷霆殷地聞者耳欲聾時有落葉於其間直下彭蠡流
霜紅金膏水碧不可覓石林蔽黑彌綠熊其陽
諸峯五老人或疑緯星之精墮自空陳夫子
今仲弓世家廬之下有元廠祖遷江東
尚知廬靈有默契不遠千里鍾于公公
市西望懷故都便欲往依五老巢雲松
昔聞嘹陽妃六老不妨添公相興成七翁我嘗遊公門
仰公彌高廬不崇丘園肥遯七十襀著作白髮如
秋蓬文能合墳詩合雅自得樂地於其中縈名利祿
雲過眼上不作書自薦下不公相通公乎浩蕩在物表
黃鵠高舉凌天風
成化丁亥端陽日門生長洲沈周詩畫敬為
醒庵有道尊先生壽

（二）　题画诗的文化基础

题画诗的出现和发展，并不是偶然的，而是传统文学与艺术形式相互影响、相互交融的"天作之合"，具有深厚的文化基础。细分析之，约有以下数端：

1. 诗与画的关系

作为艺术形式，诗画相通具有普遍性，不独中国为然。古希腊诗人西摩尼得斯提出："画是一种无声的诗，诗是一种有声的画。"（《拉奥孔》译后记）古罗马美学家贺拉斯也说："画如此，诗亦然。"（《诗艺》）丹纳在《艺术哲学》提出，诗歌、雕塑、绘画有一个共同的特征，即它们是"模仿的"艺术。

中国传统诗歌和绘画的气质尤为相近，具有相似的审美趣味。苏轼多次论及这一话题，如"诗画本一律"（《书鄢陵王主簿所画折枝二首》其一）、"古来画师非俗士，妙想实与诗同出"（《次韵吴传正枯木歌》），而他关于王维诗画作品"诗中有画，画中有诗"的评论，更是为人所熟知。王维画名为诗名所掩，晚年作诗谓："宿世谬词客，前身应画师。"（《题辋川图》。旧刻误入《偶然作六首》）宋代张舜民总结道："诗是无形画，画是有形诗。"（《跋百之诗画》）宋代蔡絛则明确指出诗与画的互补作用："丹青、吟咏，妙处相资。"（《西清诗话》）

如果说以上所引更多的是从诗人眼光看诗画关系，那么站在画家的立场，则强调画的教化作用，比附六经之一的《诗经》。唐代张彦远在《历代名画记·叙画之源流》中说："夫画者，成教化，助人伦，穷神变，测幽微，与六籍同功。"并引西晋陆机的话："丹青之兴，比雅颂之述作，美大业之馨香。宣物莫大于言，存形莫善于画。"这些论述，为题画诗的兴起准备了理论基础。

© 明　唐寅　《陶谷赠词图》

2. 书与画的关系

如果没有书法的参与，中国诗与画的关系也许就止步于"咏画诗"和"诗意图"，不会形成诗书画融于一体的独特艺术形式。而实际情况是，书、画关系比诗、画关系更直接、更紧密，它们不仅都以毛笔为创作工具，而且在审美追求和创作技法等方面多有相通相融之处。

"书画同源"是个古老的概念。唐张彦远《历代名画记·叙画之源流》将书画的起源上推至文字初创的时代，仓颉"因俪鸟龟之迹，遂定书字之形"，当时"书画同体而未分"，又从字学六体分析，得出"书画异名而同体"的结论。

随着各自发展成熟，书、画这对已"分家"的兄弟，仍然互通声气，相互启发。北宋画家周纯提出"书画同一关捩"的观点（《绘事备考》卷五）。南宋葛立方则作了更加具体的分析："余谓陆探微作一笔

◎ 元　赵孟頫　《秀石疏林图》

画，实得张伯英草书诀；张僧繇点曳斫拂，实得卫夫人《笔阵图》诀；吴道子又授笔法于张长史。信书画用笔，同于三昧。"（《韵语阳秋》卷十四）作为达到诗书画"三绝"境界的艺术大家，赵孟頫是书画用笔同一说的积极倡导者和实践者。他自题《秀石疏林图》七绝，总结了他以书法入画的观点："石如飞白木如籀，写竹还于八法通。若也有人能会此，方知书画本来同。"比他稍后的杨维桢也说："书盛于晋，画盛于唐宋，书与画一耳。士大夫工画者必工书，其画法即书法所在。"（《图绘宝鉴序》，《东维子集》卷十一）明代画家蒋乾提出"书中有画，画中有书"的观点。袁宏道认为徐渭的花鸟画源自他的书法："先生者诚八法之散圣，字林之侠客也。间以其余旁溢为花草竹石，皆超逸有致。"（《徐文长传》）清代郑燮则发现"山谷写字如画竹，东坡画竹如写字"（《题画》）。至今画家们落款时还习惯用"写"表达"画"的意思。历代画家群体形成书画相通的共识，诗歌经由书法融入画面，就显得理所当然了。

3. 文人画的兴起

诗、书、画三者之间虽然有天然的相通之处，但如果作画者是不谙诗书的画匠，那么题诗于画仍面临难以逾越的障碍。明沈颢说："元以前，多不用款，或隐之石隙，恐书不精，有伤画局耳。后来书绘并工，附丽成观。"（《画麈》）作画者如果书法不佳，连题名于画都觉不安，何况题诗。随着文人画兴起并占据画坛主流地位，这个障碍就迎刃而解了。

董其昌说"文人之画，自王右丞始"（《画旨》），王维被视为文人画的鼻祖，著有《山水论》，提出"意在笔先"。苏轼继承发展了王维的绘画思想。他称文人画为"士人画"："观士人画，如阅天下马，取其意气所到，乃若画工往往只取鞭策皮毛槽枥刍秣，无一点俊发，看数尺许便倦？"（《画继》卷三）他鄙弃斤斤于形似的画工作法，嘲讽"论画以形似，见与儿童邻"（《书鄢陵王主簿所画折枝二首》其一）。文人画对创作者的学养提出了很高的要求，但不重形似、以"写"代绘的特点一定程度上降低了创作的门槛，而其注重书卷气或"诗卷气"的评判标准，又与士大夫审美趣味完全契合，因而士大夫阶层纷纷加入绘画创作的行列。他们大多同时具备诗、书、画创作和鉴赏能力，题画诗便拥有了大量的创作者与鉴赏者。

4. 中国画的布局特点

中国画布局讲究留白，这与西洋画大异其趣。正如吴莘之先生所说："国画重思想，含诗意，一幅中常有自然之空白处，以留题跋，非若西画之涂抹满幅，欲题不得也。"（《中国画理概论》）古人论画，最忌"布置迫塞"，"亦须上下空阔，四旁疏通，庶几潇洒。若充天塞地，满幅画了，便不风致"（元饶自然《绘宗十二忌》）。宋代郭熙提出："凡经营下笔，必合天地。何谓天地？谓如一尺半幅之上，上留天之位，下留地之位，中间方立意定景。见世之初学，遽把笔下去，率尔立意触情，涂抹满幅，看之填塞人目，已令人意不快，那得取赏于潇洒，见情于高大哉？"（《画诀》）元代李衍则将"冲天撞地"列为"画竹十病"之一（《竹谱》）。

　　当然，不是所有的中国画都留天地。吴茀之先生认为中国画的布局"不外平正与奇险二路"，"凡上下留天地，有画处大约占通幅三分之二"，这种属"平正"一路；另有"推陈出新，来去莫测，往往占据天地之位，或超越画幅之范围，极繁复时，满幅似无空白处；极简略时，仅寥寥数笔者，此种布局，皆归奇险一路"。但即便是满幅无空白处的画作，如果要题诗，也还是有办法的，那就是"对题"，即一幅画一幅诗。南宋叶肖岩《西湖十景图册》，即采用对题的形式。题画诗发展成熟后，仍有画家用此形式题诗，如石涛《书画合璧》《程京萼对题八开山水册》等。

◎　清　石涛　《书画合璧》（局部）

中国画注重留白的特点，为题画诗准备好了空间基础。题画诗也反过来影响了构图，令画家有意识地为题画诗预留空间。清高秉就指出："倪迂、文、董画，多有自题数十百言者，皆于作绘时，预存题跋地位故也。"（《指头画说》）高秉讲的是题跋，题画诗自是其中大宗。

5. 题款的兴起

就画面构成而言，题画诗是题款的一部分，随着题款的发展壮大而大显身手。潘天寿先生《中国画题款研究》一书，对中国画题款的源流作了系统介绍。

唐以前，画工地位低下，画幅上往往没有题名；到唐代，画家"渐渐重视绘画上的创作权，但题写姓名恐有碍画面上的布置等，将他藏写在树根石罅之间"，甚至还要"再盖上一层重色，使姓名不明见于画幅之上"；又有"题背"，将姓名题写于画幅的背面。

文人画的兴起，带动题款渐开新面，引领者是北宋的大诗人兼书画家苏轼。清代钱杜编著的《松壶画忆》载：

> 至宋，始有年月之记，然犹细楷一线，无书两行者。惟东坡款，皆大行楷，或跋语三五行，已开元人一派矣。

宋以后，画上题款成为一种风气，有些画家甚至到"有画必题"的程度；题款的内容、形式也丰富多样，可以是诗，可以是文，也可以是诗文结合；可以题写于一处，也可以多处题款。题画诗因富于文学色彩，成为中国画题款中的一大亮点，深受创作者与鉴赏者的喜爱。

（三） 题画诗简史

明确了题画诗的定义、分析了题画诗产生的文化基础，我们就可以对题画诗的发展历史作一简要梳理。狭义的"题画诗"，其发展大致可分为以下几个时期：

1. 酝酿期：先唐

这一时期，还未形成诗书作为绘画创作构成要素的概念，画上的诗歌，以赞体为主，其功能主要是为画作注。

有人认为屈原的《天问》是现存第一首题画诗，其依据是东汉王逸在《楚辞章句》中为《天问》所作的序：

> 屈原放逐，忧心愁悴。彷徨山泽，经历陵陆。嗟号昊旻，仰天叹息。见楚有先王之庙及公卿祠堂，图画天地、山川、神灵，琦玮谲诡，及古贤圣怪物行事，周流罢倦，休息其下，仰见图画，因书其壁，呵而问之，以泄愤懑，舒泻愁思。

按照王逸的说法，《天问》是屈原在看到神庙的壁画后，题写在壁画上。这一说法受到游国恩、姜亮夫、郭沫若等学者的质疑。且不说山泽间造此神庙、神庙中有这么多壁画是否合理，以《天问》全诗1553字的体量，屈原当场创作并书写于壁画上，也是不合常理的。

题写在画上的诗歌，比较靠谱的是汉代的像赞。山东嘉祥县东汉武氏祠石室画像石一之十一图《慈母投杼》，上刻赞文：

> 曾子质孝，以通神明。
> 贯感神祇，著号来方。
> 后世凯式，以正抚纲。

◎ 山东嘉祥县东汉武氏祠石室画像石一之十一图《慈母投杼》

河北望都一号东汉墓壁画上有朱书铭赞：

> 嗟彼浮阳，人道闲明。
>
> 秉心塞渊，循礼有常。
>
> 当轩汉室，天下柱梁。
>
> 何亿掩忽，早弃元阳。

上古音"明"和"常""梁""阳"押韵。这两首押韵的"赞"，属于广义上的诗歌范畴。

到了魏晋，像赞大量出现，如曹魏时期王广《子贡画赞》：

> □□端木，英辩才清。
>
> 吐口敷华，发音扬馨。

曹植《长乐观画赞》：

> 妙哉平生，才巧若神。
>
> 辞赋之作，华若望春。

西晋夏侯湛《管仲像赞》：

> 堂堂管生，忘存兴仁。
>
> 仁道在己，唯患无身。
>
> 包辱远害，思济彝伦。
>
> 心寄鲍子，动成生民。

东晋庾阐《二妃像赞》：

> 二妃玄达，含灵体妙。
>
> 协德坤元，配虞齐耀。
>
> 明两既丽，重光作照。
>
> 有邈其徽，神风邈劭。

西晋傅玄作《古今画赞》八首，分咏孙武、信陵君、汉高祖、汉明帝、班婕妤、明德马皇后等。陶渊明作《扇上画赞》八首，分咏荷蓧丈人、长沮桀溺等八人。这些像赞已经非常成熟，成为后世所绘历史人物画像上的题赞的范本。

晋代题赞值得一提的，是两晋之际著名文学家郭璞所撰的《尔雅图赞》和《山海经图赞》，这是图与赞结合的两部巨著。以《山海经图赞》为例，郭璞为《山海经图》作赞，涉及植物动物、山川矿产、灵禽怪兽、远国异人、神话传说，经王招明先生考证整理，共有316题318首，均为四言六句韵文。如《桂》赞：

> 桂生南裔，拔萃岑岭。
>
> 广莫熙葩，凌霜津颖。
>
> 气王百药，森然云挺。

《磁石》赞：

> 磁石吸铁，琥珀取芥。
>
> 气有潜感，数亦冥会。
>
> 物之相投，出乎意外。

至南北朝时期，北周庾信作《咏画屏风诗二十首》《自古圣帝名贤画赞》二十七首。《咏画屏风诗二十首》应是描写屏风上所绘画作中的内容，如其一：

> 侠客重连镳，金鞍被桂条。
>
> 细尘郭路起，惊花乱眼飘。
>
> 酒醺人半醉，汗湿马全骄。
>
> 归鞍畏日晚，争路上河桥。

《自古圣帝名贤画赞》则叙写古代名人故事，与一般画像赞不同，如其一《黄帝见广成子》：

> 治身紫府，问政青丘。
>
> 龙湖鼎没，丹灶珠流。

兴云即雨，落木先秋。

至道须极，长生可求。

这一时期画上的诗赞，题诗者往往不是画家本人，甚至画家并不知情；很多题诗是在绘画创作完成之后创作。

2. 萌芽期：唐代

唐代诗人开始关注诗与画之间的关系，广义的"题画诗"发展成熟，为狭义的题画诗作了铺垫。代表人物有王维、杜甫等。

王维可称最早的"诗书画三绝"，而且被苏轼誉为"诗中有画，画中有诗"，但未见他自题诗于画上的记载。王维以绘画为主题的诗歌也不多，更谈不上什么大的影响。他写过一首《崔兴宗写真咏》，也只是见友人旧日画像而发点感慨：

画君年少时，如今君已老。

今时新识人，知君旧时好。

不过，王维写过《山水论》，其中论述了"四字画题"，均富诗意，可视为题画诗的先声。

李白也写过以绘画为主题的几首诗，如《观博平王志安少府山水粉图》：

粉壁为空天，丹青状江海。游云不知归，日见白鸥在。博平真人王志安，沉吟至此愿挂冠。松溪石磴带秋色，愁客思归坐晓寒。

有人称李白《上阳台帖》是我国现存最早的题画诗墨迹，更多人把李白这四句称为"诗"，这是经不起推敲的。我国传统诗歌的一个基本要求是押韵，《上阳台帖》仅存四句："山高水长，物象千万。非有老

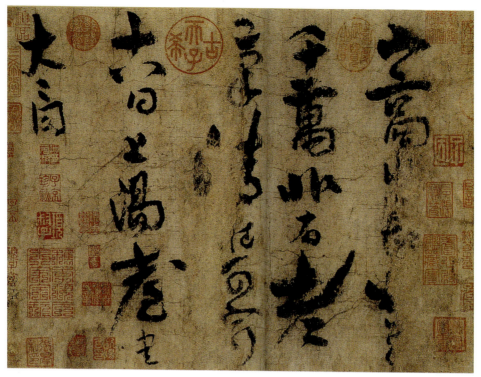

◎唐 李白 《上阳台帖》

笔，清壮可穷。""万"与"穷"平仄都不同，更遑论押韵了。

唐代不少诗人写过广义的"题画诗"，其中成就最高的当属杜甫。杜甫现存广义题画诗有20多首，不仅数量多，而且将抒写内容从以往诗人单纯的见画生感，拓展至鉴赏画作、探究画理。如这首著名的《戏题画山水图歌》：

十日画一水，五日画一石。能事不受相促迫，王宰始肯留真迹。壮哉昆仑方壶图，挂君高堂之素壁。巴陵洞庭日本东，赤岸水与银河通，中有云气随飞龙。舟人渔子入浦溆，山木尽带洪涛风。尤工远势古莫比，咫尺应须论万里。焉得并州快剪刀，剪取吴松半江水。

此诗虽曰"戏题"，却用前四句道出了绘画创作的规律，为历代画家及画论家所津津乐道。清代大诗人沈德潜说："唐以前未见题画诗，开此体者，老杜也。"这是就杜甫在广义题画诗创作方面所作开创性贡献而言，并不是说在杜甫之前没有诗人写这类诗。

上举唐人"题画诗"，应该都是书于别纸，而不是直接写在画上的。这可从史料中得到佐证，揆诸情理，像杜甫的一些长篇"题画诗"也不适合书写在画幅上。

唐人直接在画上题诗，也有零星记载。赵孟頫《题郑虔画》说："郑虔献画于至尊，而复题诗于上，可见忘其贵。'三绝'之名，由是而起。"（《赵孟頫集·续集》）如果赵孟頫此说有据，那么郑虔是开狭义题画诗先河的画家了。另据宋钱易撰《南部新书》卷五载："滋水驿在长乐驿之东，睿皇在藩日，经此厅，厅西壁画一人头，因题曰：'唤出眼，何用苦深藏。缩却鼻，何畏不闻香。'"《天中记》等书引此，"一人头"作"一胡头"。睿皇即唐睿宗李旦，此诗形象地描摹出胡人眼深鼻高的相貌特征。《全唐诗》收录此诗。唐人有题壁习惯，这个故事可信度较高。

但总的来说，唐代诗人的所谓"题画诗"，就载体而言，诗歌书于别纸，而非写在画上；就作者而言，作诗者并非画家本人，诗与画的创作者明显分属两个团队，"开此体者"杜甫是诗人而非画家；就创作而言，诗歌的创作并未介入绘画创作过程，而是画作完成后的鉴赏题咏。因此只能算是广义题画诗。唐代广义题画诗的发展，为狭义题画诗提供了文学体裁意义上的示范和借鉴。

当广义题画诗成熟的时候，狭义题画诗还在等待时机。转折点是诗歌从画面外转移到画面上，诗歌创作参与到绘画创作中。从广义题画诗中发展出狭义题画诗，这要等文人画兴起之后。

3. 探索期：宋代

宋代诗人和书画家开始有意识地以书法为媒介，将诗与画结合在画面上，但诗与画往往不是同一作者，即以"他题"为主。代表人物有苏轼、宋徽宗等。

从现存画作和史料来看，自北宋开始，诗人和书画家开始有意识地探索将题画诗转移到画面上。这背后的原因之一，是诗人与画家（主要是文人画画家）交往日益密切，不时举行雅集，相互交流。如著名的"西园雅集"，是驸马都尉王诜邀请友人到府中西园聚会，参与者有苏轼、苏辙、黄庭坚、米芾、秦观、李公麟、晁补之等，主客共16人。王诜请善画人物的李公麟作《西园雅集图》以纪其盛，一时题咏者甚众。

苏轼是一位极具开创性的艺术大师，他在题画诗转型过程中发挥了重要作用。首先，他喜题长跋，开画上题款新式样，前已述及。又明代李日华编著《紫桃轩杂缀》载：

> 文湖州每为人写竹竟，辄属曰："无令着语，俟苏翰林来。"盖子瞻与文既同臭味，又文墨光焰足以映发故也。

文同请苏轼题画，或许就包括了题诗在内。苏轼自己在其《虔州

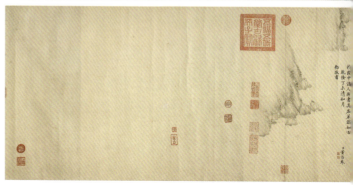

© 宋　李公麟　《西园雅集图》

題文會圖

儒林華國古今同
吟詠飛毫醒醉中
多士作新知入彀
臺圖猶喜見文雄

明時不與有唐同
鎖和進
白衣誰倚
八表人歸大道中
丁笑寅年十八士
經綸誰是出華雄

八境图》诗引中说：

> 《南康八境图》者，太守孔君之所作也……。乃作诗八章，题之
> 图上。

　　这是苏轼在画上题诗的直接证据，可惜其图不传，未知题诗位置。
而著名的《惠崇春江晚景二首》，很多人都认为是苏轼题写在惠崇所作
《春江晚景图》上的两首诗，遗憾的是画已不存。是否题于画上，已不
可考，从内容、风格看，确可作为后世狭义题画诗的范本。

　　宋徽宗则确确实实地留下了诗书画相结合的多幅作品。如《芙蓉锦
鸡图轴》，右上自题五绝一首：

> 秋劲拒霜盛，峨冠锦羽鸡。
> 已知全五德，安逸胜凫鹥。

　　题诗位置与画面主体锦鸡呼应，非常协调。又如《腊梅山禽图轴》，
左下自题五绝一首：

> 山禽矜逸态，梅粉弄轻柔。
> 已有丹青约，千秋指白头。

　　《文会图》，右上角有宋徽宗行书自题七绝一首：

> 儒林华国古今同，吟咏飞毫醒醉中。
> 多士作新知入彀，画图犹喜见文雄。

◎宋　赵佶　《文会图》

　　左上角是蔡京所题的和韵诗：

明时不与有唐同，八表人归大道中。

可笑当年十八士，经纶谁是出群雄。

《听琴图》，上方有蔡京所题七言绝句一首：

吟徵调商灶下桐，松间疑有入松风。

仰窥低审含情客，似听无弦一弄中。

这些题画诗，既有自题，也有他题，题诗的位置也作了有意识的安排，可以说为后世题画诗确立了基本的范式。尽管这些画作是否为画院画家代笔存在争议，但属于北宋画作无疑，北宋出现比较成熟的诗书画合一的画作也是可以确定的。

关于北宋题诗画上的记载，还零星见于古代史料，如元代汤垕《古今画鉴·宋画》中的两则：

（李）伯时暮年作画苍古，字亦老成。余尝见《徐神翁像》，笔墨草草，神气炯然。上有二绝句，亦老笔所书佳作。

崔白芦雁之类虽清致，余平生不喜见之。独有一大轴，绢阔一丈许，长二丈许，中浓墨涂作八大雁，尽飞鸣宿食之态。东坡先生大字题诗曰"扶桑之茧如盆盎，天女织绢云汉上。往来不遣凤衔梭，谁能鼓臂三千丈"云云，真白之得意笔也。

流传至今的南宋叶肖岩《西湖十景图册》，也是诗书画相结合的作品，不过形式上属于"对题"，即一画一诗，诗画不在同一幅上。前面已经述及，此不赘。另，像北宋米芾《春山瑞松图》、南宋初年李唐《胡笳十八拍》，都是诗在上画在下，尚未作为一个整体相互融合。

© 宋　赵佶　《听琴图》

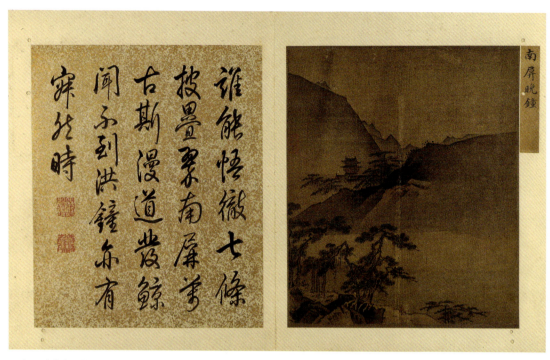

◎ 宋　叶肖岩　《西湖十景图册》之《南屏晚钟》

南宋时期，皇帝还有在宫廷画师进呈画作上题诗赏赐给大臣亲贵的习惯。如马远《踏歌图》，上有宋宁宗题诗：

> 宿雨清畿甸，朝阳丽帝城。
> 丰年人乐业，垄上踏歌行。

后附小字"赐王都提举"。王都提举指王德谦，他在宁宗继位前受封为嘉王后被任命为嘉王府都提举。根据"庚辰"一印，可知题诗写于宋宁宗嘉定十三年（1220）。按此诗为王安石《秋兴有感》，原诗末字作"声"。有人认为马远很可能是应诏根据此诗而创作，则这幅《踏歌图》属于"画诗"。

宋理宗时，画上题诗多有署名"杨妹子"者，至今仍留存多幅。旧说杨妹子为宁宗杨皇后之妹。元末陶宗仪《书史会要》说："杨妹子，

◎ 宋　马远　《踏歌图》

宿雨清畿甸

朝陽麗帝城

豐年人樂業

隴上踏歌行

杨后之妹。书似宁宗。（马）远画多其所题。"明代王世贞在《水图》卷后题跋中说："凡（马）远画进御，乃颁赐贵戚，皆命杨娃题署。"而据启功先生考证，"杨娃"为"杨姓"之误，杨姓即杨后（《谈南宋画上题字的"杨妹子"》）。徐邦达先生也认为将杨后和杨妹子视作二人是明清学者的讹误。

综上，宋代已经正式出现狭义题画诗，不过由画家本人题诗的还不多，布局上也往往是一句一行，变化不大，显得有些稚拙。

4. 成熟期：元明

元明两代的画家，已经有意识地把题画诗作为绘画创作的要素，注重题诗在画面布局中的作用，题画诗作为一种艺术形式进入成熟期。代表人物有元代的吴镇、倪瓒、王冕，明代的沈周、唐寅、文徵明、徐渭等。

赵孟頫字子昂，号松雪道人。他是书画大家，诗词亦称能手，据统计，在其《松雪斋文集》中，以绘画为题材的有近90首，占全部诗歌的五分之一（刘继才《中国题画诗发展史》）。但从他的存世画作看，题诗画上的作品并不多，可能是有些画作已佚的缘故。他那首表达以书法入画观点的名篇《秀石疏林图》，系题于画心之左侧，并未参与画面布局。赵孟頫对题画诗发展的最大贡献，在于继苏轼、米芾之后大力宣扬"文人画"思想，倡导"书画同源"，起到为题画诗鸣锣开道的作用。

与赵孟頫同属"吴兴八俊"的钱选（字舜举，号巽峰），南宋景定间乡贡进士，宋亡后隐居不仕。他擅诗文，所画得意，辄题诗于上。如著名的《浮玉山居图》，钱选自题五言古风一首（诗见本书"历代题画诗赏析"部分），诗后署款："右题余自画《山居图》，吴兴钱选舜举。"

同样工诗文的"元四家"之一吴镇（字仲圭，号梅花道人），诗书

◎ 元·钱选 《浮玉山居图》

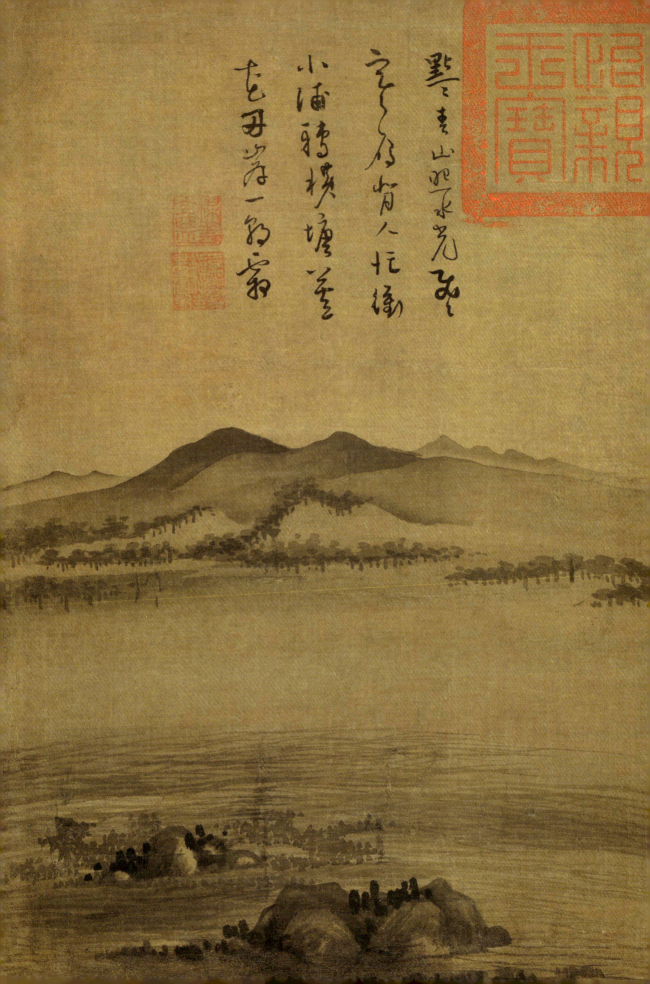

画相结合意识更强。如他的《芦花寒雁图》，自题《渔歌子》一首：

点点青山照水光，飞飞寒雁背人忙。

冲小浦，转横塘，芦花两岸一朝霜。

诗、书、画的风格和意境都很契合。

"元四家"中另一位工诗的大家倪瓒（字元镇，号云林子，人称倪迂），在题画诗的形式上更显丰富，往往在一幅画上既有自题，又有他题。如作于元至正二十四年（1364）的《溪山图》，右上自题五律一首：

荆溪周隐士，邀我画溪山。

流水初无竞，归云意自闲。

风花春烂熳，雨藓石斓班。

书画终为友，轻舟数往还。

倪瓒诗的左侧、画幅上方，是时年85岁的张监（字天民）题写的一首七绝：

十年奔走叹关间，且为新图一解颜。

绝似方溪无事日，满前乔木看官山。

四年后的戊申年（1368）六月，倪瓒又先后两次在画上题诗。六月初一题七绝一首：

汀烟冉冉覆湖波，六月寒生浅翠蛾。

独爱窗前蕉叶大，绿罗高扇受风多。

© 元　吴镇　《芦花寒雁图》（局部）

© 元　倪瓚　《溪山图》

初五又题七绝一首：

> 点点青苔欲上衣，一池春水鹤雏飞。
> 荒村阒寂人稀到，只有书舟傍竹扉。

这两首七绝的左侧，又有倪瓒好友邵贯的题诗：

> 十年风雪走南州，惊见溪山眼倍幽。
> 何地可能如画里，绿蓑烟雨系渔舟。

如果说倪瓒已经将题画诗视为"画内之事"，那么小他4岁的王冕（字元章，号竹斋、煮石山农、梅花屋主）更加讲究题画诗在画面上的位置安排，营造一种相得益彰的视觉效果。这一点下文再作详细分析。王冕擅画墨梅，又喜题墨梅诗，留下不少名篇佳句。他对墨梅与墨梅诗的喜爱，从他的一幅《墨梅图》中可见一斑。画上共自题五首诗，体裁有五绝、七绝、七律、古风，占了画面的近二分之一。兹录其两首：

> 城市山林不可居，故人消息近何如。
> 年来懒作江湖梦，门掩梅花自读书。

> 明洁众所忌，难与群芳时。
> 贞贞岁寒心，惟有天地知。

需要注意的是，王冕的题画诗，往往多次题写，从而产生异文。如前举这首五绝，后两句在另外版本中作"贞真岁华晚，只有天地知"。

元代画家龚开（字圣予，号翠岩），以喜作题画诗著名。汤垕《古今画鉴·国朝》载：

◎明　沈周　《雏鸡》

　　龚圣予先生名开……卷后必题诗或赞跋，皆新奇。尝自画瘦马，题诗曰："一从云雾降天关，空尽天朝十二闲。今日有谁怜瘦骨，夕阳沙岸影如山。"此诗脍炙人口，真有盛唐风致。

　　到了明代，画家里出现好几位题画诗顶级大咖。首先是"吴门画派"班首沈周（字启南，号石田），他同时也是一位优秀的诗人。沈周一生创作了大量的题画诗，"皆清新雄健"，富有情趣。如题《雏鸡》图：

　　　　茸茸毛色半含黄，何独啾啾去母傍。

　　　　白日千年万年事，待渠催晓日应长。

用语浅白而生动诙谐，顿时让画面上孤独静止的小鸡动了起来。在沈周的推动下，画坛上形成了"有画必题"的风气。

自号"江南第一风流才子"的唐寅（字伯虎，号六如居士、桃花庵主），在民间的画名、诗名更盛于沈周。他的不少题画诗堪称经典，本书历代题画诗赏析部分将予以介绍，这里仅录其题《西洲话旧图》七律，以见其生平性情：

> 醉舞狂歌五十年，花中行乐月中眠。
>
> 漫劳海内传名字，谁信腰间没酒钱。
>
> 书本自惭称学者，众人疑道是神仙。
>
> 些须做得工夫处，不损胸前一片天。

"吴中四杰"之一文徵明（号衡山）擅诗，今存诗词近1300首，其中不少以绘画为题材。他《题赵伯驹汉高祖入关图》《题东坡画竹》等诗，以诗歌形式开展画艺评论，继承了杜甫广义题画诗的传统。自题画作，则注重布局，使题诗及书法有机融入画面。

徐渭（字文长，号青藤老人、天池生）是明代又一位很有个性的题画诗高手，明代文学家梅国桢评价他说："（文长）病奇于人，人奇于诗，诗奇于字，字奇于文，文奇于画。"徐渭的题画诗，就像他的人、他的画一样，奇气横生。兹录其自题《菊竹图轴》七绝：

> 身世浑如泊海舟，关门累月不梳头。
>
> 东篱蝴蝶闲来往，看写黄花过一秋。

醉舞狂歌五十年 花中行樂
月中眠 漫勞海內傳名字 誰
信腰間沒酒錢 書李自題
稱學者眾人疑道是神仙

此頃做得工夫處 不損毫前
一片天 與西洲別幾三十年
偶爾見過因書鄙作并
圖請教二病中殊無佳
興 草草見意而已
友生唐寅

◎ 明 唐寅 《西洲話舊圖》

身世渾如陌海舟闕門
累月不掠頤東籬
蝴蝶閒來往
看寫黃花過
一秋天池

© 明　徐渭　《菊竹圖軸》

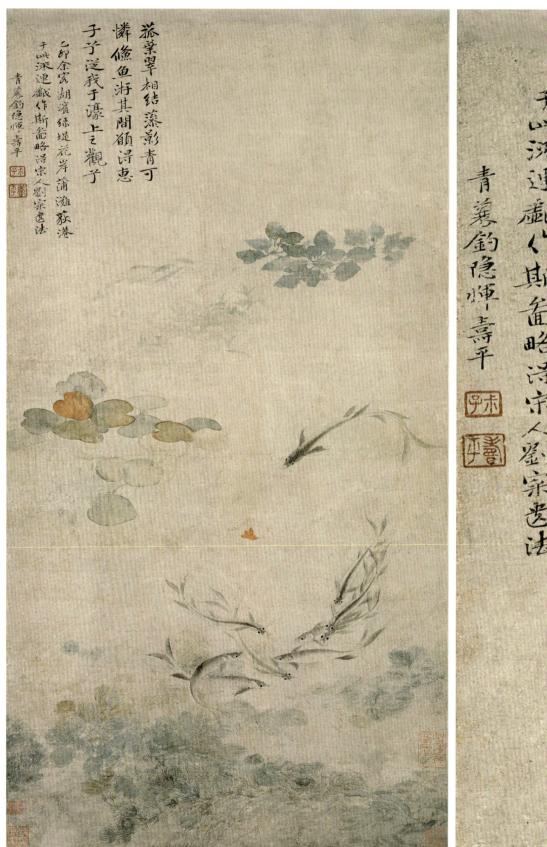

蘋葉翠相結藻影青可
憐儵魚游其間顧謂浮
子子逆我于濠上之觀子

乙卯金閶胡濱綠堤花岸蒲瀧荻港
于此深連藏作斯畚略浸宗人劉宗逵法

青羨釣隱煇壽平

于此深連藏作斯畚略浸宗人劉宗逵法

青羨釣隱煇壽平

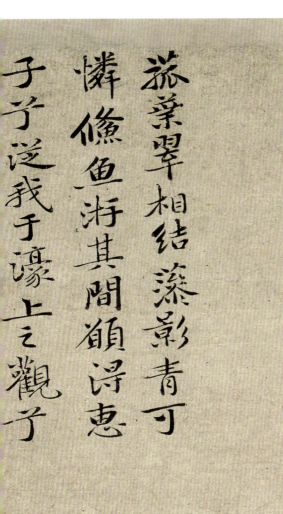

5. 鼎盛期：清代

到了清代，题画诗风气益盛，变化益多。画家兼擅诗词者人数众多，在创作中更加注重题画诗在内容和形式两方面对绘画的补充和增益作用，题画诗不限于作为"画媵"，有时甚至与画并重，成为画面主体。代表人物有恽寿平、石涛、华嵒、金农、郑燮、吴昌硕等。

恽寿平号南田，在绘画上跻身"清初六大家"，诗词创作上为"毗陵六逸"之首。他饱读诗书，艺术修养全面，发而为题画诗，从心所欲而不逾矩，于雅正中含灵秀不羁之气。如自题《藻影鱼戏图》杂言诗，句式、用韵不取常格，给人耳目一新又古雅的感觉：

菰叶翠相结，藻影青可怜，鲦鱼游其间。

愿得惠子兮，从我于濠上之观兮。

◎ 清　恽寿平　《藻影鱼戏图》

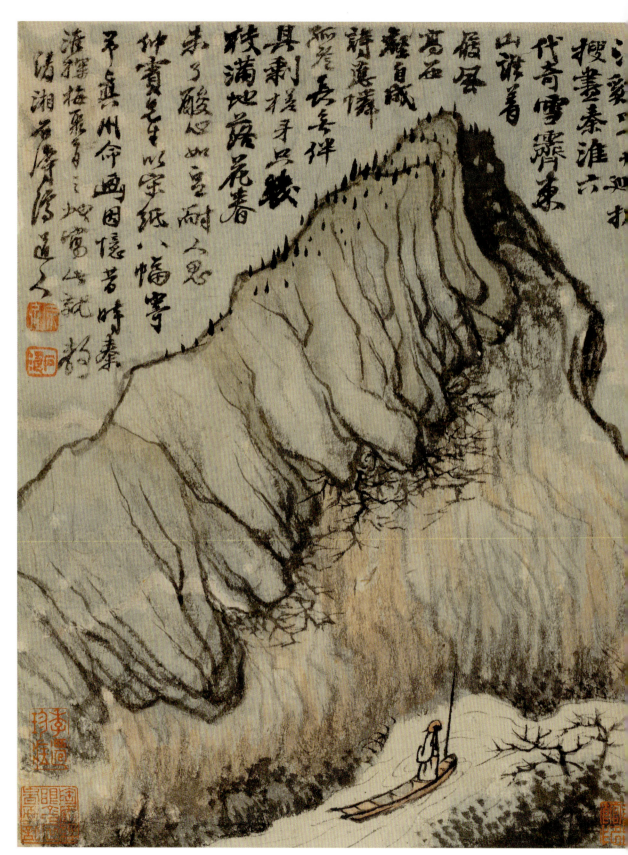

◎ 清　石涛　《秦淮忆旧图》

石涛原姓朱，名若极，号大涤子、钝根、小乘客、清湘野人等。他是明皇室遗民，幼年遭遇国破家亡，出家为僧。石涛的题画诗常有一种郁勃之气。他还有意识地将题画诗作为画面的一部分进行精心经营。如这幅《秦淮忆旧图》，构图奇崛，通过舟人仰视体现山体的峻拔，而题画诗沿山就势，几乎将画面上的空白全部填满，形成一种独特的视觉效果。诗的内容也与此相称：

> 沿溪四十九回折，搜尽秦淮六代奇。
>
> 雪霁东山谁着屐，风高西塾自成诗。
>
> 应怜孤老长无伴，具剩槎牙只几枝。
>
> 满地落花春未了，酸心如豆耐人思。

华喦字秋岳，号新罗山人、离垢居士。他文学修养深厚，作诗"句多奇拔"，有《离垢集》。他也很注重题画诗在构图上的作用，如这幅《红白芍药图》，他于画的左上和右下空白处各题诗一首。左上空白处较大，题了一首七律：

> 莺粉分苍艳有光，天工巧制殿春阳。
>
> 霞缯襞积云千叠，宝盏冰脂蜜半香。
>
> 并蒂当阶盘绶带，金苞向日剖珠囊。
>
> 诗人莫咏扬州紫，便与花王可颉颃。

右下空白处较小，题了一首七绝：

> 粉痕微带一些红，吐纳幽香薄雾中。
>
> 正似深闺好女子，自然闲雅对春风。

豔粉分命艷有光天
工巧製殿春陽霞
繪壁積雲千疊寶
盃冰脂蜜半香荳蕚
嘗當階盤綬帶金
苞向日剖珠囊詩
人莫詠揚州紫便
與花王可頡頏
　辛亥初夏坐研
　幽書舍點筆
　新羅山人題

◎ 清　华嵒　《红白芍药图》

诗、书、画三者的风格十分和谐，可谓相得益彰。

金农号冬心，为"扬州八怪"之首。创扁笔书体，兼有楷、隶体势，被称为"漆书"。金农喜欢在画上题款，自谓"每画毕，必有题记，一触之感"。他用别具一格的书法题写别具一格的诗词，可谓怪而有味，令人印象深刻。如他在《白荷图》上的题诗：

三十六陂凉，水佩风裳。银色云中一丈长。好似玉杯玲珑，镂得玉也生香。对月有人偷写，世界白决决。爱画闲鸥野鹭，不爱画鸳鸯。与荷花慢慢商量。

郑燮（号板桥）以诗书画"三绝"闻名于世，他的题画诗，已进入诗歌史上的名篇行列。在绘画布局上，他把诗书画融合推到极致，以诗为画，相融相映。如他有一幅《墨竹图》，郑燮将一首五言古风写在画上竹竿的间隙，而诗的内容又在画上竹和现实中的竹之间来回切换，充满生趣而又耐人寻味：

不过数片叶，满纸俱是节。万物要见根，非徒观半截。风雨不能摇，雪霜颇能涉。纸外更相寻，干云上天阙。

三十六陂凉水琉风裳银色云中一大长好侣玉杯
玲珑镂得玉也生香对月有人偷写世界白人心爱画阑
鸥野鹭不爱画鸳鸯与荷花慢心商量
金牛湖上金　吉金　画白荷花并题

◎ 清　金农　《白荷图》

吴昌硕先生曾为郑燮此诗作诗意图，可见他对这首诗的喜爱。

吴昌硕（名俊卿，字昌硕，号仓硕、老缶、苦铁等）年轻时曾志在科举，潜心攻读诗文，打下深厚的诗词基础，而他深厚的艺术造诣、丰富的人生阅历，让他的题画诗具有厚重的内涵。他的题画诗在内容和布局上都形成自己独特的风格。如他题《岁晚缀红图》：

　　岁晚园林雪霁时，火珠红缀绿葳蕤。

　　如何竹实形相似，不疗丹山凤鸟饥。

诗词创作属于文言写作系统，根植于数千年来的传统诗文蓄积。清末之后，随着白话文运动兴起，文言文从公私领域全面退出，传统诗词创作失去了原有的社会基础。题画诗作为诗词创作的一个门类，自然也深受影响。正如朱伯雄先生在《中国书画名家精品大典》卷首语中所指出的："题画诗在元明清时期，从各方面看都显得十分成熟，可是自清末以后，这种优秀的诗画配传统水平降低了，少数画坛高手还保持着题画诗的格调与涵义的水平，然而从整体上看，它已处于低潮。至于近现代的题画诗，水平较高的实在寥寥。"可以说清末之后，题画诗创作进入式微期。近年来，随着全社会日益重视传统文化，诗词创作也出现复兴的势头。我们期待题画诗创作能走出低谷，出现更多的诗书画印"四全"人才和优秀的题画诗作品。

历代题画诗赏析 2

（一）山水画题画诗赏析

（二）花鸟画题画诗赏析

（三）人物画题画诗赏析

历代题画诗不计其数，也许相当部分已随画湮没，但因"画寿不敌诗寿"（《唐音癸签》），仍有不少题画诗画逸诗存，其中有些名为题画、实际上是否曾题于画上，难以考证。幸诗、画皆存的也不在少数。画逸诗存，今天的读者只能欣赏其文学价值，无从窥见其作为绘画一部分的艺术特质。本书尽量选取诗画皆存者为例诗，藉供有志者全面了解借鉴。作者皆为书画史上大家名家，故不赘生平介绍。鉴于不同画类的题画诗在体裁、写法、风格等方面有所区别，分为山水画、花鸟画、人物画三大类编排。尝鼎一脔，冀能知味；挂一漏万，在所难免。

（一）　山水画题画诗赏析

惠崇春江晚景二首（其一）

苏　轼

竹外桃花三两枝，春江水暖鸭先知。

蒌蒿满地芦芽短，正是河豚欲上时。

　　这两首诗虽然无法确考是否题写在惠崇的画作上，但其内容与风格都称得上典型的题画诗。其一尤为脍炙人口，以诗逆推，惠崇画上应该有竹子、桃花、鸭子、蒌蒿、芦芽等物，"河豚欲上"则出于诗人的合理推测。"三两枝"，则桃花未盛开；"鸭先知"，则春寒方退。"春江水暖鸭先知"，写景中寓哲理，这也是宋诗重理的体现。《渔阳诗话》评曰："坡诗'蒌蒿满地芦芽短，正是河豚欲上时'，非但风韵之妙，盖河豚食蒿芦则肥，亦如梅圣俞之'春洲生荻芽，春岸飞杨花'，无一字泛设也。"

题浮玉山居图

钱　选

瞻彼南山岑，白云何翩翩。下有幽栖人，啸歌乐徂年。

蓁石映清沘，嘉禾澹芳妍。日月无终极，陵谷从变迁。

神襟轶廖廓，兴寄挥五弦。尘影一以绝，招隐悉足言。

钱选宋亡后隐居吴兴浮玉山，这幅画描绘了他隐居的环境。诗题于画幅右上方，是一首五言古风，诗后署款："右题余自画《山居图》，吴兴钱选舜举。"

首二句取仰视角度，写山顶白云。岑，山顶。南山用陶渊明"悠然见南山"诗意，白云用陶弘景"岭上多白云"诗意，都是隐逸的象征。"下有"两句目光下移至画中人，实即钱选自指。此人隐居于此，乐以卒岁。幽栖人，指隐士。啸歌，吟咏歌唱，是隐士的日常。徂年，流年。"蓁石"两句写山居周边景致：有丛石、清流，有禾稻、花木，非常适宜隐居。蓁，聚集。清沘，清澈的水流。"日月"四句又回到画中人：山居时光很慢，好像没有边际，任凭俗世发生什么巨变，都不会扰动隐士安静的内心。他的胸怀超越旷远的天空，他的兴味在手抚琴弦，进入虚无恬淡的境界。挥五弦，用嵇康《赠秀才从军》"目送归鸿，手挥五弦。俯仰自得，游心太玄"诗意。最后两句以表明态度作结：隐居于此，断绝尘念，不亦乐乎，何劳征召出仕，重入牢笼。尘影，尘念。招隐，征召隐居者出仕。诗歌表达了对浮玉山居的喜爱之情，以及自己绝意仕途的决心。

全诗穿插写景写人，写人多而写景少，因为景已在画中，而人物心理无法通过画面直接表现，故以诗申发之。这正是《山静居画论》所说的"高情逸思，画之不足，题以发之"。

题洞庭东山图

赵孟𫖯

洞庭波兮山嵽嶪，川可济兮不可涉。

木兰为舟兮桂楫，渺余怀兮风一叶。

《珊瑚网·名画题跋》录《子昂自题西洞庭图》《子昂自题东洞庭图》，此为题东洞庭图。元代黄玠《弁山小隐吟录》亦收此二诗，为《山水小景四幅》组诗中的两首。黄玠生卒年不详，据清乾隆《浙江通志·文苑》载，黄玠"与赵文敏游，文敏称许之"。揆以常理，黄玠自编诗集，不至于收入赵孟𫖯之作，且其诗集中有完整的《山水小景四幅》组诗，而赵画题诗仅存两首。很可能是赵孟𫖯读到黄玠诗后非常赞赏，遂用以题画。考虑到此诗已被古代多部书画类书籍作为赵孟𫖯作品收录，且赵画犹在，是比较早的集诗书画印于一幅的画作，故仍选入，略作辨析，以供读者参考。

渔歌子·题洞庭渔隐图

吴　镇

洞庭湖上晚风生，风揽湖心一叶横。

兰棹稳，草花新，只钓鲈鱼不钓名。

◎ 元　吴镇　《洞庭渔隐图》

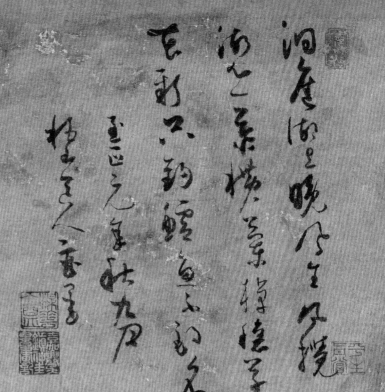

　　吴镇喜作渔父图，有清旷野逸之趣；又喜题《渔歌子》词，表达出他对渔隐生涯的向往。前面《题画诗简史》一节已介绍过他题《芦花寒雁图》的《渔歌子》。古代所谓隐士，很多是把隐居作为"终南捷径"；而真正的隐士，是要"逃名"而非"钓名"。吴镇借画中渔翁的形象，表达"真隐"的意愿。他曾隐居西湖孤山二十年，清贫终生。这首词值得注意的是用韵，"生""横""名"属《词林正韵》第十一部平声，"新"则属第六部，且为前鼻音。元以后文人日常作诗词，并不拘守《平水韵》《词林正韵》，时有以方音押韵的现象，此为较早的一例。今人论押韵，往往走极端。有人主张"守旧"，作诗必守《平水韵》，作词必守《词林正韵》；有人主张"创新"，推广《中华新韵》《中华通韵》，用普通话的韵母声调分韵部、定平仄。其实倡"创新"者往往缺乏传统诗词语感，而倡"守旧"者则未必真"知旧"。建议诗词创作者多读前人佳作，研究其用例，从中获取借鉴与启示。

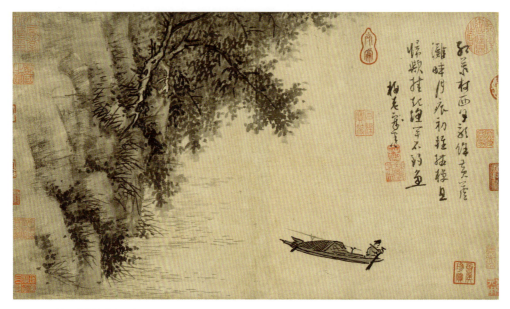

◎ 元　吴镇　《芦滩钓艇图》

渔歌子·题芦滩钓艇图

吴　镇

红叶村西夕影余，黄芦滩畔月痕初。

轻拨棹，且归欤，挂起渔竿不钓鱼。

夕阳西下，弦月初升，渔翁结束一天的劳作，收起渔竿，轻划船桨，悠闲轻松地回家去。"归欤"，意为"回去吧"，"欤"是语气助词。陶渊明《归去来兮辞》小序曰"及少日，眷然有归欤之情"，后人也常用这个词表达归隐之意。

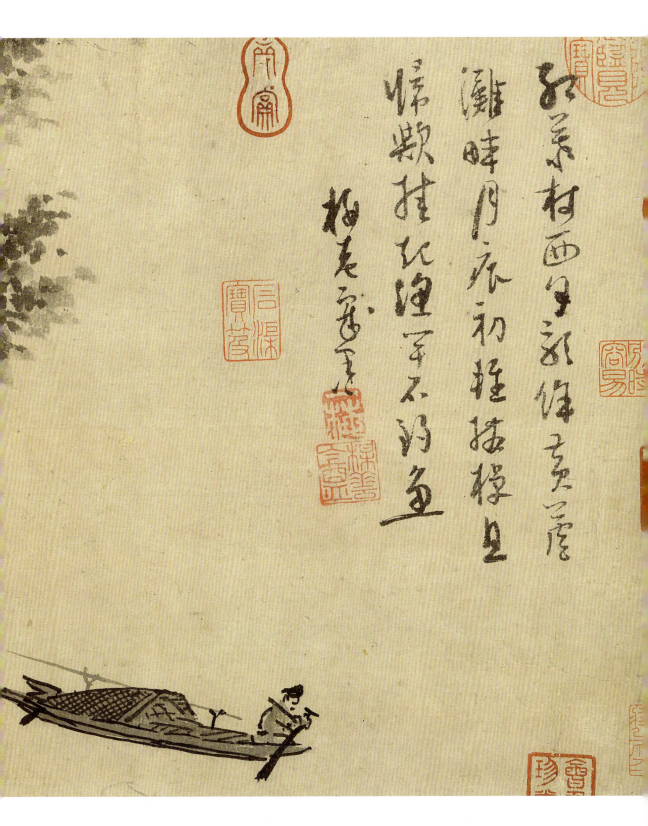

题雨后空林图

张　雨

望见龙山第几峰，一峰一面水如弓。

苍林茅屋无人到，犹有前时蹑屐踪。

　　这是张雨题写在倪瓒《雨后空林图》上的一首七绝。此图是倪瓒少有的设色山水画。画右上有倪瓒自题诗一首："雨后空林生白烟，山中处处有流泉。因寻陆羽幽栖去，独听钟声思罔然。"张雨此诗先写远山，然后目光随水流而下，聚焦于空无一人的茅屋，想象此前不久幽人犹在此休憩流连。诗意与画境及倪瓒自题诗相呼应。

题松林亭子图

倪　瓒

亭子长松下，幽人日暮归。

清晨重来此，沐发向阳晞。

　　诗题在画的左上方，诗后有跋："至正十四年初冬，倪瓒为长卿茂异写《松林亭子图》并诗其上。"长卿，据史料载姓郑。茂异，尊称才德出众之人。诗中的"幽人"指幽隐之人。沐发，洗头发。晞，晒之使干。《楚辞·九歌·少司命》："与女沐兮咸池，晞女发兮阳之阿。""晞发"在古诗词中常来表示高洁脱俗的行为。幽人日暮时分方离开亭子回家，次日一早又来到此处，可见是整天盘桓于此，对松林亭子的喜爱表露无遗。画的右上方有潘纯次韵诗："山中旧茅屋，见此忽思归。最爱长松上，朝阳露未晞。"末句化用古诗"朝露待日晞"。

◎元 倪瓒 《松林亭子图》

◎ 元　倪瓒　《水竹居图》

至正三年癸未岁八月望日 進道
過余林下為言儼居蘇州城東有
水竹之勝因想像圖此俛賦詩其
上云儼得城東二畝居水光竹色照
琴書晨起開軒驚宿鳥詩成洗
研没游魚 倪瓚題

澄毫儼迁法寶
秋紀弓詩設色
宣水竹雄津草
黄雍

题水竹居图

倪 瓒

儼得城东二亩居，水光竹色照琴书。
晨起开轩惊宿鸟，诗成洗研没游鱼。

诗题于画面右上方，前有款识交代作此画此诗的缘起："至正三年癸未岁八月望日，进道过余林下，为言儼居苏州城东，有水竹之胜，因想像图此，并赋诗其上云。"说明画与诗都出于倪瓒的想象。儼，租赁。研，同"砚"。没游鱼，指游鱼受到惊吓而潜入水中。水竹已于画中呈现，故诗中仅用一句概括；有水竹则必有鱼鸟，后二句用对仗，想象入住后惊宿鸟、没游鱼的情景，补充了画面上没有的信息，别生幽趣。

陳蕃懸榻處徐孺過門時甘洌
言游井荒涼慮仲祠香雲聊弄
翰把酒更題　詩此日交歡意依
依　至後思章亥十二月十三日訪
伯琬高士因寫虞山林麓并題
五言以記末游倪瓚

把酒看雲事
真逸志遨寫
照興猶賒金
闔白甫斯郊
氣秀削何妨
自一家
己卯春月
洪題

题虞山林壑图

倪 瓒

陈蕃悬榻处，徐孺过门时。

甘冽言游井，荒凉虞仲祠。

看云聊弄翰，把酒更题诗。

此日交欢意，依依去后思。

诗后有跋语："辛亥十二月十三日访伯琬高士，因写虞山林壑并题五言，以纪来游。倪瓒。"知作于明洪武四年（1371），时倪瓒年已六十六，往常熟拜访高士伯琬，同游虞山，宾主相得甚欢。首联用陈蕃悬榻典故，表达对主人的赞美和宾主相契的喜悦。《后汉书·徐稚传》载，陈蕃任豫章太守，不接待宾客，只为徐稚（字孺子）专设一榻，徐稚去后就将榻悬挂起来。诗中以陈蕃指伯琬，以徐孺子自居，谦抑中含自信。颔联举言游井、虞仲祠，叙写宾主同游常熟名胜古迹。言游，即孔子弟子子游，常熟人，常熟城内有言子巷、言公井。虞仲，即仲雍，周太王次子，随其兄泰伯让国南奔，在无锡、常熟一带建立勾吴王国。常熟有其祠墓。颈联写宾主雅聚情形。尾联讲因今日欢聚，别后当不胜怀想。全诗章法整饬，用典工切，感情真挚。

◎ 元 倪瓒 《虞山林壑图》

题江岸望山图

倪　瓒

江上春风积雨晴，隔江春树夕阳明。

疏松近水笙声迥，青嶂浮岚黛色横。

秦望山头悲往迹，云门寺里看题名。

蹇余亦欲寻奇胜，舟过钱唐半日程。

诗题于画幅右上方，诗后有跋语："癸卯二月十七日，赋此诗并写《江岸望山图》奉送惟允友契之会稽。倪瓒。"其中"惟允"二字被认为系画商挖改，真正的受画者名字已不可知。从诗及题跋看，倪瓒作此诗画是为好友送行。友人乘舟由水路去往会稽，作者站在江岸上目送，舟杳江空，惟见对岸青山春树。作者回忆起与好友同游的往事，心中怅惘，也想追寻好友足迹，前往越中寻幽探胜。秦望山、云门寺，均为越中名胜，在今浙江绍兴。蹇，原意为跛，引申为不顺利。蹇余，又作"蹇予"，用以自称，相当于"我"的谦词。如李白《同友人舟行游台越作》："蹇予访前迹，独往造穷发。"李之仪《端午睡起和韵》："蹇余愧平生，何适非龃龉。"

江上春風積雨晴隔江春樹夕陽明疎松
沈水禽聲迥青嶂浮嵐脩黛橫秦明
山頭悲往迤雲門寺裏看題名塞余亦欲
尋奇勝舟過錢唐半月程癸卯二月十七
目賦此詩並寫江岸望山圖奉送
惟允友契之會稽倪瓚

◎ 元　倪瓚《江岸望山图》

江山作話柄
相對坐清
秋如此滄懷
地西湖憶舊
遊 沈周

高木西風落葉
時一襟業葉坐
運間披秋水未
終卷心與天遊
誰得知 沈周

题江山坐话图

沈 周

江山作话柄，相对坐清秋。

如此澄怀地，西湖忆旧游。

这首诗和下面那首《题秋山读书图》，都是沈周题写在他画的《卧游册》上的，册子共十八开，后面的题跋中说："宗少文四壁揭山水图，自谓卧游其间。此册方可尺许，可以仰眠匡床，一手执之，一手徐徐翻阅，殊得少文之趣。倦则掩之，不亦便乎？"他的"卧游"，可谓宗炳的升级版。此诗写画中二人相对，坐于湖畔，心怀澄澈，不禁回忆起西湖旧游。或许这是沈周真实经历的写照。

题秋山读书图

沈 周

高木西风落叶时，一襟萧爽坐迟迟。

闲披秋水未终卷，心与天游谁得知。

西风吹过，胸中尘念也像树叶般纷纷坠落，剩下的是宁静与闲适。手持一卷庄子的《秋水》篇，随意翻览，神游天地之间，得逍遥之境界。此中滋味，不足为外人道。读此诗，更能体会这幅画的意境。

题古木寒泉图

沈 周

林壑少人事，此心闲似僧。

袁安贫有节，石碏老无能。

湿屋雨淋座，破窗风飑灯。

搜诗果何为，痴坐只薷腾。

诗后有跋："癸卯五月十三日，雨后灯下作画赋诗，极为贫家乐事。"沈周不入仕途，以书画自适。这首题画诗不是从画面生发，而是描写绘画时的环境与心境。首联写自己幽居林壑，心闲似僧。颔联用两个古人典故，看似自嘲，实则自傲。袁安，东汉大臣，年轻时居家，遇大雪，人皆外出乞食，只有袁安闭门僵卧，不愿出外求人。事见《后汉书·袁安传》。石碏，春秋时卫国大夫，以"大义灭亲"垂于史册。诗中用《左传》记载他的话："老夫耄矣，无能为也。"颈联写身居破屋遭遇风雨的窘境。尾联写痴心于作诗，以致神志不清。实际上，这是他最大的乐趣。

题幽人燕坐图

唐 寅

幽人燕坐处，高阁挂斜曛。

何物供吟眺，青山与白云。

南北朝隐士陶弘景《诏问山中何所有赋诗以答》："山中何所有，岭上多白云。只可自怡悦，不堪持赠君。"青山、白云，是隐居者的专享之物。燕坐，闲坐。诗意幽雅，与画境交融。"挂"字下得形象生动。

© 明 唐寅 《幽人燕坐图》

幽人燕坐處高閣挂斜曛
何物供吟眺青山與白雲
吳門唐寅畫

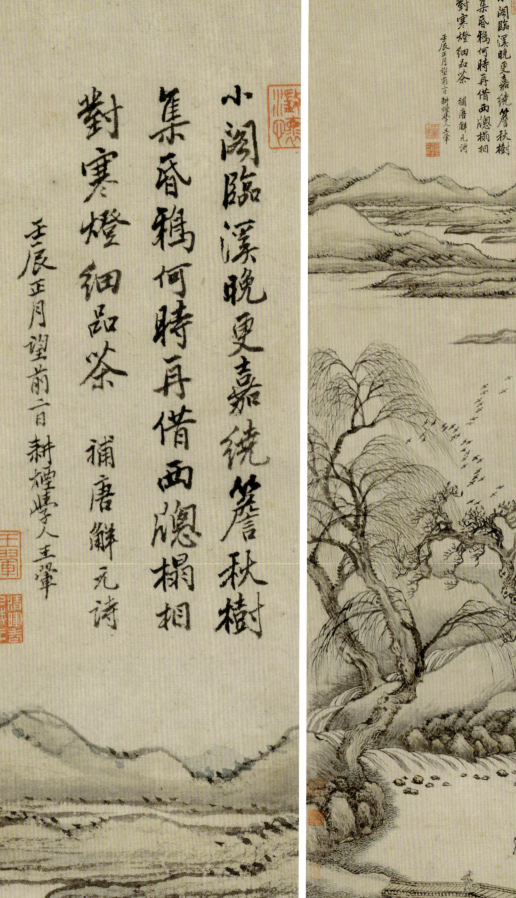

小閣臨溪晚更嘉
繞簷秋樹
集昏鴉何時再借西偬
榻相
對寒燈細品茶 補唐解元詩

壬辰正月望前二日耕煙學人王翬

小閣臨溪晚更嘉繞簷秋樹
集昏鴉何時再借西偬榻相
對寒燈細品茶 補唐解元詩
壬辰正月望前二日耕煙學人王翬

题看泉听风图

唐 寅

俯看流泉仰听风，泉声风韵合笙镛。

如何不把瑶琴写，为是无人姓是钟。

唐寅的诗，从构思到造语，往往让人耳目一新。
山间流泉声、风声，有如笙镛合奏。笙镛是古代两种
乐器，镛就是大钟。这两句为无声的画面补写出了声
音，意境也很美。没想到作者突然一转，问：为什么
不说是琴声呢？因为世上没有姓钟的人。没有钟子期，
伯牙也没必要弹琴了，这是唐寅在感叹世无知音。有
意思的是，画中磐石上分明坐着两个看泉听风的人，
看来他们也只是泛泛之交。

自题画

唐 寅

山阁临溪晚更佳，绕崖秋树集昏鸦。

何时再借西山榻，相对寒灯细品茶。

《珊瑚网》录此诗，归入"伯虎自题诸画"。清王
翚作《仿唐寅秋树昏鸦图》书此，"山阁"作"小阁"，
"佳"作"嘉"，"崖"作"檐"，"山榻"作"窗榻"。
诗后注"补唐解元诗"。可以参看。日暮时分，山阁临
溪，昏鸦集树，对此秋景，不禁想和好友对坐品茶。
诗中表达了对清秋景致的欣赏和对友情的珍惜。

◎ 清　王翚　《仿唐寅秋树昏鸦图》

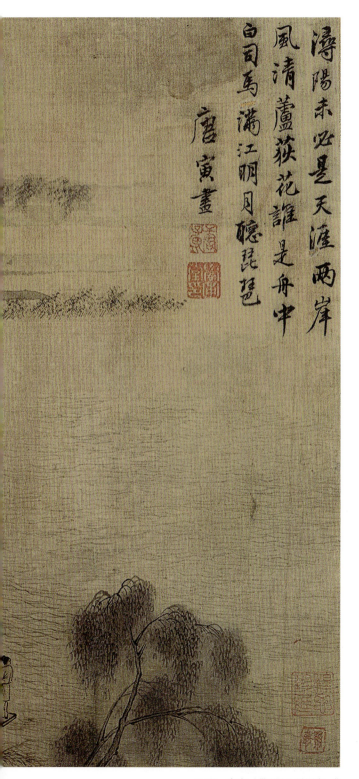

题浔阳八景图之一

唐 寅

浔阳未必是天涯，

两岸风清芦荻花。

谁是舟中白司马，

满江明月听琵琶。

到江西浔阳江边，自然会想起白居易名篇《琵琶行》中的句子"浔阳江头夜送客，枫叶荻花秋瑟瑟"。唐寅绘《浔阳八景图》，第一幅即取材于《琵琶行》。题诗前两句说白居易虽被贬为江州司马，但浔阳并不算荒远之地，秋天到来，两岸芦荻花开，别有风情。刘禹锡名句"莫道两京非远别，春明门外即天涯"，以"天涯"感叹遭贬官员远离政治中心，此反其意而用之。后两句写舟中人物：在这明月满江的夜晚，闲坐舟中听歌女弹奏琵琶，也不失为风雅乐事。若心无挂碍，即目皆为美景。对画读诗，感觉唐寅作此画不是为了真实再现《琵琶行》中的场景，而是有所改造，抒写的是他自己的感受。

题浔阳八景图之七

唐　寅

红树中间飞白云，黄茅檐底界斜曛。
此中大有消遥处，难说于君画与君。

　　白云游动于红叶树之间，一抹
斜阳落在盖着黄茅的屋檐下，这绝
美的秋景和我内心的感受，难以用
语言描述，还是画出来给你看吧。
"难说于君画与君"，说明绘画有时
比语言文字更具表现力；画已就，
而复题诗，则说明语言文字又能补
画之不足。唐寅另有一首题画诗，
可与此诗参读："乌桕经霜叶已红，
东南楼阁足秋风。画成此景还堪咏，
炼在先生短句中。"对美的感受与表
达，需要多种途径、多种方式。庄
子早已深刻认识到语言文字在表达
思想方面的局限性，提出"可以言
论者，物之粗也"，此诗的后两句体
现了这一思想。界，划分，隔开。
消遥，同"逍遥"。

◎ 明　唐寅　《浔阳八景图之七》

紅樹中間飛白雲黃茅

簷底界斜陳此中大

有消遙處難說於

君畫興君

唐寅

题山静日长图

唐　寅

初夏山中日正长，竹梢脱粉午窗凉。

幽情只许同麋鹿，自爱诗书静里忙。

初夏时节，白昼渐长，天气犹凉，况又幽居山林，最宜读书吟诗。为诗书而忙，这种忙不会导致内心的烦乱，就像这幽静的环境一样，心灵是充实而闲适的。

题秋到江南图

文徵明

秋到江南枫叶红，秋山遇雨翠有浓。

飞飞白鸟自来去，消尽心机是雨翁。

江南的秋天，没有肃杀之感，山上仍不乏翠绿，加上红色的枫叶，更显斑斓多彩。山中高士远离俗尘，看着白鸟自由飞翔，了无机心。这首诗原题写在画幅左上方，徐悲鸿购得此画后，加以改装，移题字于画外，并加长跋，称改装后"精采倍出，欢喜赞叹，不能自已"，并表示"知我罪我，全不计也"。文徵明地下有知，不知作何感想。

初夏山中日匹長竹梢脱粉
午窻涼出幽情只許同廉藺
自愛詩書靜裏忙
正德丁卯穀雨日唐寅畫

◎ 明　唐寅
《山靜日長圖》

题古木苍烟图

文徵明

不见倪迂二百年，风流文雅至今传。

偶然点笔山窗下，古木苍烟在眼前。

　　倪迂，即倪瓒，去世于1374年，谓"二百年"盖取其成数约略言之。点笔，犹染翰，此指作画。杜甫《重过何氏》："石阑斜点笔，桐叶坐题诗。"诗后跋语称"戏用云林墨法"。此诗自述《古木苍烟图》画法所自，并表达了对倪瓒的致敬之意。李流芳有《题水墨山水图》云："每爱疏林平远山，倪迂笔墨落人间。幽人近卜城南住，写出春风水一湾。"则以人间山水如倪瓒画中山水，画家据以作画，自然会用倪瓒笔墨，更有曲折之思。

　　据《清河书画舫》载，倪瓒《水竹居图》后有文徵明题诗："不见倪迂二百年，风流文雅至今传。东城水竹知何处，抚卷令人思惘然。"前二句与此诗同，应是文徵明"一鱼两吃"了。

题绿阴清话图

文徵明

碧树鸣风涧草香，绿阴满地话偏长。

长安车马尘吹面，谁识空山五月凉。

　　图绘高山长涧，画下方有二高士对坐清谈。诗从画上景物、人物入手，并以都市俗尘扑面为对比，突出山间虽当盛夏却清凉闲适的可贵。

◎ 左图：明　文徵明　《古木苍烟图》

◎ 右图：明　文徵明　《绿阴清话图》

题品茶图

文徵明

碧山深处绝纤埃，面面轩窗对水开。

谷雨乍过茶事好，鼎汤初沸有朋来。

　　据诗后跋语，此图此诗为实景实录："嘉靖辛卯，山中茶事方盛，陆子传过访，遂汲泉煮而品之，真一段佳话也。"嘉靖辛卯为公元1531年，文徵明时年六十二。来访的陆子传，即陆师道，字子传，苏州人，嘉靖年间著名书画家。他是文徵明弟子，比文徵明小四十岁。诗前两句写山居环境，后两句写正逢品茶最佳时节，有朋来访，不亦乐乎。诗和跋显示出文徵明在这次品茶中的喜悦，以及他对年轻弟子的欣赏。另外，从画中一壶两杯的摆设，也可看出明代饮茶已流行壶泡法。

© 明　文徵明　《品茶图》

碧山深處絕纖埃，面對西軒窗
對水開鼓兩不過茶事
好爲鼎湯初沸有腥來
嘉靖辛卯山中茶事方盛
陸子傳過訪遂汲泉煮
而品之真一段佳話也
徵明製

千巖萬壑鎖遊業瑤草琪花拂
澗開溪上垂楊臨水閣分明宗炳臥遊
來

歲次戊寅陽和六日畫于長安寓齋

海虞耕煙散人王翬

◎清　王翚　《水阁幽人图》

题水阁幽人图

王　翚

千岩万壑锁蓬莱，瑶草琪花拂涧开。

溪上幽人临水阁，分明宗炳卧游来。

《历代名画记》载，宗炳好山水，以疾还江陵，叹曰："老病俱至，名山恐难遍游，唯当澄怀观道，卧以游之。"凡所游历，皆图于壁，坐卧向之。

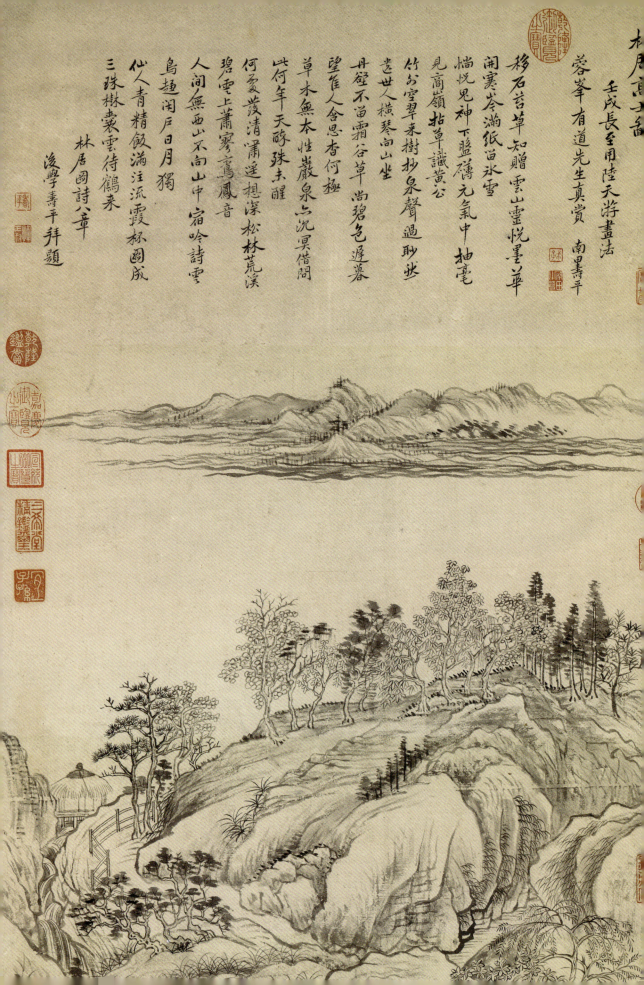

移石苔草知贈雲山靈悅墨華
聞寒岑滿紙苗水雪
惱悅兒神下監礴元氣中袖毫
見高嶺拈草識黃公
竹坞空翠來樹抄泉聲過聊然
坐世人横琴向山坐
丹逕不留霜谷草尚碧色遊暮
望佳人舍思杳何極
草木無本性巖泉六沈冥借問
此何年天醉珠未醒
何愛叢清嘯遙想深松林荒溪
碧雲上蕭寥鳶鳳音
人間無西山不向山中宿吟詩雲
鳥趣閒戶日月獨
仙人青精飯滿注流霞杯圖成
三珠樹裹雲待鶴來
　　　林居圖詩八章
　　　後學壽平拜題

壬戌長至用陸天游畫法
蓉峯有道先生真賞　南田壽平

题林居高士图

恽寿平

移石苔草知，赠云山灵悦。

墨华开寒岑，满纸留冰雪。

惝悦鬼神下，盘礴元气中。

抽毫见商岭，拈草识黄公。

竹外空翠来，树杪泉声过。

眇然遗世人，横琴向山坐。

丹壑不留霜，谷草尚碧色。

迟暮望佳人，含思杳何极。

草木无本性，岩泉亦沉冥。

借问此何年，天醉殊未醒。

何处发清啸，遥想深松林。

荒溪碧云上，萧寥鸾凤音。

人间无西山，不向山中宿。

吟诗云鸟趋，闭户日月独。

仙人青精饭，满注流霞杯。

图成三珠树，囊云待鹤来。

◎ 清　恽寿平　《林居高士图》（局部）

◎ 清　恽寿平　《风林晚鸦图》

恽寿平擅诗，诗风灵秀不羁，为清初诗坛"毗陵六逸"之首。现存诗七百多首。这组诗由八首五绝组成，每首聚焦于一事，多角度申写画境、画法，具见才情。

题风林晚鸦图

恽寿平

乌鹊将栖处，溪烟欲上时。
秋声何处起，风在最高枝。

前两句写日暮：乌鹊归栖，溪烟欲上，一幅黄昏景象。后两句写秋声，用欧阳修《秋声赋》意："欧阳子方夜读书，闻有声自西南来者，悚然而听之，曰：异哉！初淅沥以萧飒，忽奔腾而砰湃；如波涛夜惊，风雨骤至。其触于物也，鏦鏦铮铮，金铁皆鸣；又如赴敌之兵，衔枚疾走，不闻号令，但闻人马之行声。余谓童子：'此何声也？汝出视之。'童子曰：'星月皎洁，明河在天，四无人声，声在树间。'"恽寿平另有题《千林暮霭图》诗，与此小异："鸾鹤将栖处，溪烟欲上时。虚堂清籁起，声在最高枝。"

◎ 清　王翚　《仿巨然楚山欲雨图》

题王翚仿巨然楚山欲雨图

恽寿平

秋窗日日晴云里，何事烟岚暗不开。

看到墨华零乱处，楚山天半雨声来。

诗扣"楚山欲雨"。前两句写久晴无雨。后两句写画上欲雨情景，并赞扬绘画技艺之高超。画里画外，亦真亦幻。

题五十孤行图

石　涛

诸方乞食苦瓜僧，戒行全无趋小乘。

五十孤行成独往，一身禅病冷于冰。

石涛原姓朱，名若极，出身明王室。三岁时明亡，随后其父死于南明政权内斗。石涛幼年国破家亡，出家为僧，因嗜食苦瓜，号苦瓜和尚。此画此诗作于他五十岁应友人之邀赴京师作客途中。行，旧读仄声。佛教有大小乘之分，大乘以救世利他为宗旨，小乘以修身自利为宗旨。石涛诗中每以小乘自况，并自号"小乘客"，表达了他对国事世事无能为力的无奈。

© 清　石涛　《松窗读易图》

题松窗读易图

石　涛

书画从来许自知，休云泼墨意迟迟。

描头画脚增多少，花样人传花样诗。

这首题画诗，不写画中具体形象，而是抒发自己的感慨。前两句显示了他在书画创作方面的自信，后两句则是对时人的批评。不妨参读诗后跋语："去古日远，书画无传。学者画皆指鹿为马，鉴赏者谁？予虽会意，老而精力已退，何可多得哉！此予深惜之。"

题黄山图

石　涛

黄山是我师，我是黄山友。心期万类中，黄峰无不有。事实不可传，言亦难住口。何山不草木，根非土长而长寿。何水不高源，峰峰如线雷琴吼。知奇未是奇，能奇奇足首。精灵斗日元气初，神彩滴空开劈右。轩辕屯聚五城兵，荡空银海神龙守。前海瘦，后海剖，东西海门削不朽。我昔云埋逼住始信峰，往来无路一声大喝旌旗走。夺得些而松石还，字经三写乌焉叟。

石涛与梅清、弘仁都以描绘黄山的峰峦烟云之变化著称，被称为"黄山派"。这首诗开篇即直抒胸臆，表达了对黄山的深厚感情。他将黄山视为师友，黄山内涵丰富，让他受益匪浅。黄山之奇，给予石涛无穷的灵感，他细心体察、驰骋想象，要将黄山赋予的一切转移到纸上。最

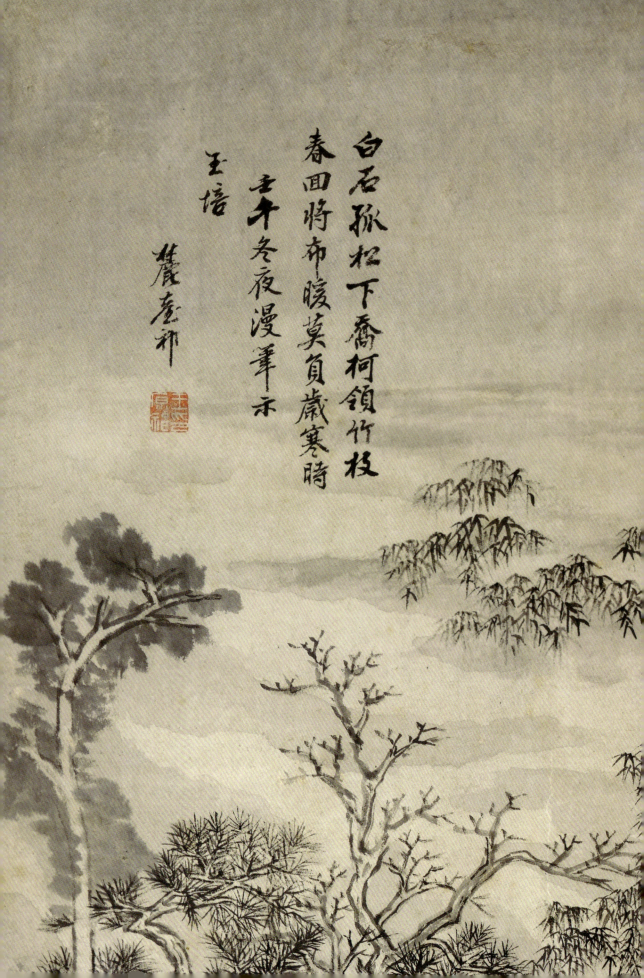

白石孤松下喬柯領竹枝
春回將布暖莫負歲寒時
壬午冬夜漫筆示
玉培
麓臺祁

后两句，石涛谦虚地说，虽然领悟到一点黄山松石的韵味，但真正作画，还是难免失真，就像字经转写多次后会出现误字一样。乌、焉字形相似易误写，泛指文字讹误，犹"鲁鱼亥豕"。

题乔松修竹图

王原祁

白石孤松下，乔柯领竹枝。

春回将布暖，莫负岁寒时。

　　白石、苍松、绿竹，三者挺立风中，不畏严寒。当春天即将带回温暖，让我们一起挺过这个寒冬，不辜负共度艰难的岁月。诗以物喻人，是对人间患难真情的礼赞。

◎ 清　王原祁　《乔松修竹图》

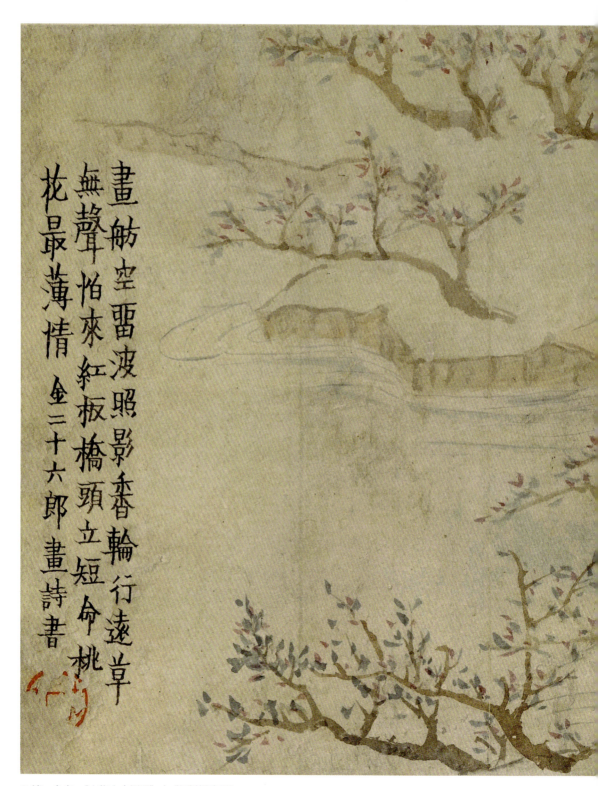

画舫空雷波照影香輪行遠草

無聲怕來紅板橋頭立短命桃

花最薄情　金三十六郎畫詩書

◎ 清　金农　《人物山水图册》之《红桥漫步图》

题红桥漫步图

金　农

画舫空留波照影，香轮行远草无声。

怕来红板桥头立，短命桃花最薄情。

　　桃花美艳不可方物，然而又不能久留。桃花短命，本非自主，诗人怨其薄情，很是无理，正是这无理，体现一种深深的伤感和无奈。诗后跋语："金二十六郎画诗书。"透露出金农自己对画、诗、书三者的得意。

题闭庐不读图

金　农

团扇生衣捐已无，掩书不读闭精庐。

故人笑比庭中树，一日秋风一日疏。

　　生衣，夏天穿的衣服。唐代诗人戎昱《骆家亭子纳凉》："生衣宜水竹，小酒入诗篇。"图中落叶萧疏，主人伏案掩卷，不胜萧瑟落寞。故人如落叶般日渐稀疏，不是友情淡薄了，而是因为年老体衰甚至已经病亡。与辛弃疾词"白发多时故人少"同一感慨。

（二） 花鸟画题诗赏析

题腊梅山禽图

赵 佶

山禽矜逸态，梅粉弄轻柔。

已有丹青约，千秋指白头。

宋徽宗是狭义题画诗的开创者之一，这幅《腊梅山禽图》将题诗作为画面构图的一部分，已属比较成熟的诗书画印相结合的作品。诗题于画面左下方空白处，画的右下方署款"宣和殿御制并书"，并押"天下一人"。就诗而言，也是题画诗的标准作法。前两句以对起，分写画上的山禽与腊梅，和写现实中的花鸟无异。"矜"（自傲，自夸）字下得很生动。后两句是说，它们经丹青入画，可历千年而不变。岂独花鸟，任何生命都受制于光阴。唯有藉艺术与精神的传承，生命方能得到赓续，垂之久远。

题梨花图

钱 选

寂寞阑干泪满枝，洗妆犹带旧风姿。

闭门夜雨空愁思，不似金波欲暗时。

钱选是南宋遗民，这首诗充溢着深切的亡国之痛。《梨花图》仅画一枝斜出的盛开梨花。一说"梨花"取"离华"谐音。思，旧读去声。

◎ 宋 赵佶 《腊梅山禽图》（局部）

山禽矜逸態
梅粉弄輕柔
已有丹青約

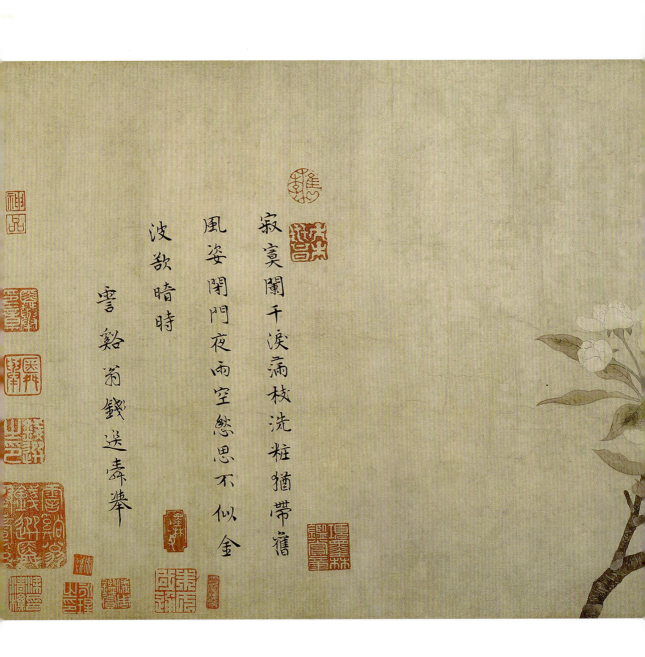

寂寞闌干溪滿枝洗粧猶帶舊

風姿閉門夜雨空憋思不似金

波欲暗時

雪豀菊錢送壽拏

◎ 元　钱选　《梨花图》

题墨兰图

郑思肖

向来俯首问羲皇，汝是何人到此乡。

未有画前开鼻孔，满天浮动古馨香。

　　郑思肖也是南宋遗民。画左侧署款"丙午正月十五日作此壹卷"，丙午年是元大德十年（1306），此时距南宋灭亡（1279）已近三十年，郑思肖仍然不忘亡国之痛。画上的兰草，无土无根。郑思肖经常画兰不画土，或问其故，答曰："土为番人所夺，汝尚不知耶？"向来，先前，曾经。羲皇，即伏羲，三皇五帝之首。陆游《读易》说："无端凿破乾坤秘，祸始羲皇一画时。"汝，指画上的兰花。这首诗的大意为：我曾敬问羲皇，你是什么人，竟来到这个无土之地？我在动笔前先张开鼻孔，就已闻到弥漫天空的带着古意的芳香。诗中的"古馨香"，和前面钱选《题梨花图》中的"旧风姿"相仿佛，都寄托着对故国的怀念。一说此诗系郑起所作。郑起是郑思肖的父亲，画上题诗后署款"所南翁"，如果郑思肖是抄录他父亲的作品，不应如此署款。

题墨梅图

王　冕

吾家洗研池头树，个个花开淡墨痕。

不要人夸好颜色，只流清气满乾坤。

　　此诗为题画诗经典作品，可谓家喻户晓。文字上不同版本有异文，如"吾家"一作"我家"，"个个"一作"朵朵"，"只流"一作"只留"。此据北京故宫博物院藏《墨梅图》。

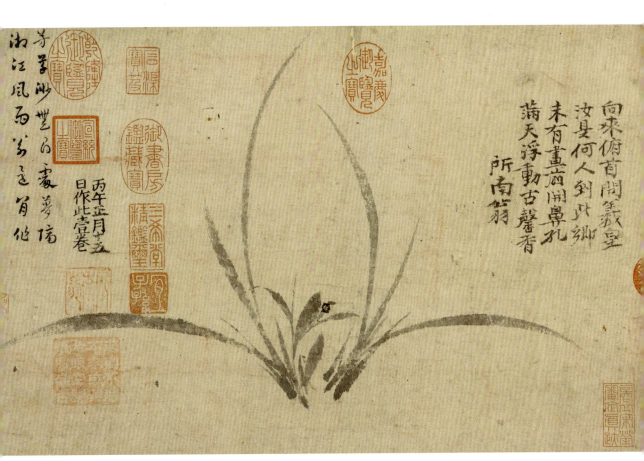

◎ 元　郑思肖　《墨兰图》

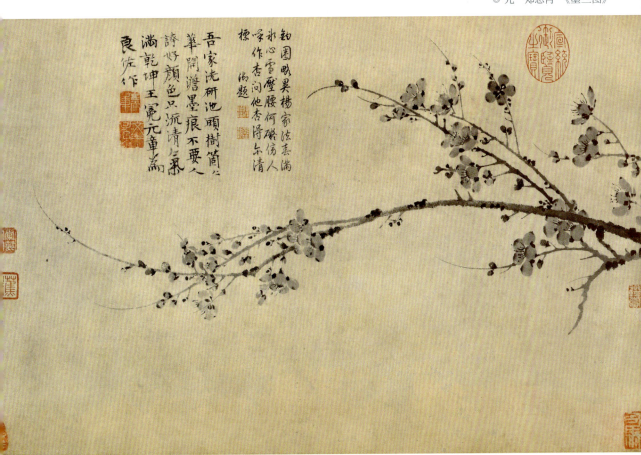

◎ 元　王冕　《墨梅图》

题早春图

王冕

和靖门前雪作堆，多年积得满身苔。

疏花个个团冰玉，羌笛吹他不下来。

"只因误识林和靖，惹得诗人说到今"，画梅咏梅，往往会想到以梅为妻的林和靖。这幅图画的是白梅花，故以雪、冰玉形容之。团冰玉，有的版本作"团冰雪"，第一句已经有个"雪"字，不应重复。观此图王冕墨迹，确为"玉"字，可以破惑矣。末句用笛曲《梅花落》典故。李白说"江城五月落梅花"，是指五月现实世界无梅，但笛声中有落梅；王冕说"羌笛吹他不下来"，是指虽然笛子声声梅花落，但现实中的梅花却并未凋落。俚趣中也隐含坚贞不屈之意。

题墨梅

王冕

玛瑙坡前梅烂开，巢居阁下好春回。

四更月落霜林静，湖水琴声载鹤来。

玛瑙坡在孤山以东，邻近林逋墓。巢居阁为林逋所筑，《西湖游览志》："（林逋）隐居孤山，征辟不就，构巢居阁，绕种梅花，吟咏自适。"因而这两个地名都与林和靖及梅花有关。末句"载鹤"，也暗用林和靖"梅妻鹤子"典。

◎ 元　王冕　《早春图》

题枇杷图

沈　周

弹质圆充饤，蜜津凉沁唇。

黄金作服食，天亦寿吴人。

画为沈周《卧游小册》中的一幅。第一句写枇杷的形状，第二句写枇杷的味道。饤，盛放食物。古代有服食黄金可以长寿的说法。《盐铁论》载秦代方士说"仙人食金饮珠，然后寿与天地相保"。因枇杷色泽金黄，又产于吴地，所以沈周用此典故，表达对长寿的祈盼。

◎ 明　沈周　《枇杷图》

题杏花图

沈　周

老眼于今已敛华，风流全与少年差。

看书一向模糊去，岂有心情及杏花。

此画也是《卧游小册》中的一幅。沈周画此册子时已年老，诗中透露出迟暮的感叹与无奈。敛华，原指花落，这里比喻人老体衰。

◎ 明　沈周　《杏花图》

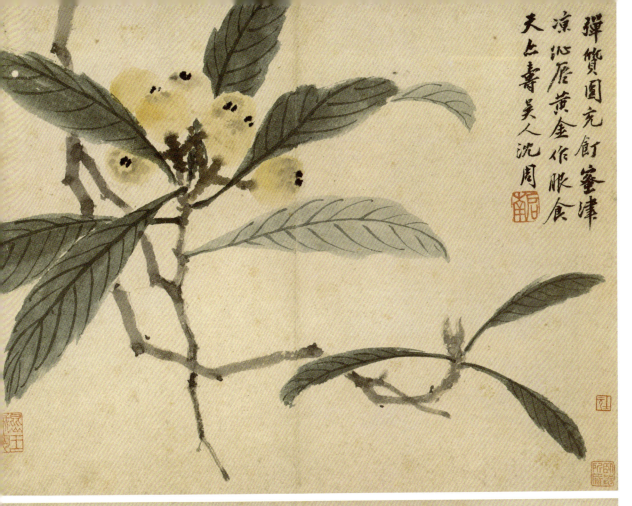

彈壓圓充飣蜜津
涼沁唇黃金作眼食
天上壽吳人沈周

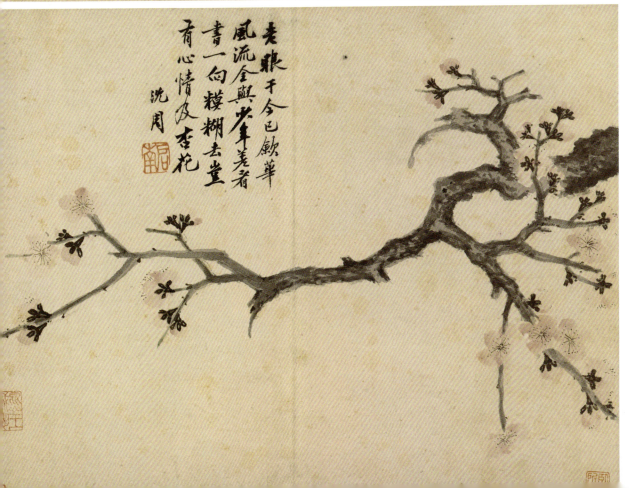

老眼于今已飲華
風流全與少年差者
書一向糢糊去豈
肯心情及杏花
沈周

雜齊爛春色孤峰
積雨痕瘢譬若古貞
士終身伴菜根
唐寅

题立石丛卉图

唐　寅

杂卉烂春色，孤峰积雨痕。

譬若古贞士，终身伴菜根。

　　画中一石兀立，体势欹斜而劲挺，在几丛花卉的衬托下，更显孤高不屈，故诗中以"古贞士"为喻。伴菜根，谓贞士安贫乐道，不慕荣华。

题墨梅图

唐　寅

黄金布地梵王家，白玉成林腊后花。

对酒不妨还弄墨，一枝清影写横斜。

　　首句用佛教典故：须达长者商请舍卫国祇陀太子将其花园起建精舍愿出重价。太子戏言："如能以黄金布地，便当相让。"须达长者当下取金布地，偌大园地，一时将满。太子于是和他一起建造精舍，供养佛陀。见《贤愚经》。末句用林逋"疏影横斜水清浅"诗意。

◎ 左图：明　唐寅《立石丛卉图》
◎ 右图：明　唐寅《墨梅图》

题风竹图

唐 寅

满窗萧洒五更风，怪是无端搅梦中。

梦见故人忙起望，白烟寒竹路西东。

诗后有跋语："南塘邹蠡溪过余学圃堂，因言及南沙知己，故写此为寄。唐寅。"是怀念好友而作。故人入梦，见作者思念之深，即杜甫《梦李白》"故人入我梦，明我长相忆"之意。然梦非现实，起而四顾，不见友人，惟有白烟寒竹，徒增惆怅而已。

题灌木丛筱图

唐 寅

灌木寒声集，丛筱静色深。冰霜岁聿暮，方昭君子心。

射干蔽豫章，慨惜自古今。嶰谷失黄钟，大雅变正音。

为子酌大斗，为我调鸣琴。仰偃草木间，世道随浮沉。

《六如居士集》收《咏怀诗二首》，此为其二。诗中使用多个与竹有关的典故，表达了对小人得志、黄钟毁弃的社会现实的慨叹和无奈。丛筱，丛竹。岁聿暮，指年终岁晚，语出《诗经·小雅·小明》"岁聿其暮"，"聿"为语助词，无义。射干是一种矮小的植物，《荀子·劝学篇》说："西方有木焉，名曰射干，茎长四寸，生于高山之上，而临百仞之渊。"豫章则是大树，《神异经·东荒经》说它"高千丈，围百尺，本上三百丈"。射干遮蔽豫章，比喻小人压过君子，这种现象竟成古今常态，怎不令人慨叹惋惜！嶰谷，昆仑山北谷名，传说黄帝使伶伦取嶰谷之竹以制乐器。黄钟即黄帝发明的乐器之一，所发之声庄严正大。而如今，却是黄钟毁弃、瓦釜雷鸣。面对这样的社会现实，作者也无可奈何，只

© 明 唐寅 《风竹图》

满窗萧洒五更风　怪是无端搅
梦中　梦见故人忙起望白烟
寒竹路西东　南塘郭叠溪过
余学园堂因言及
故写此为宁　唐寅
南沙智

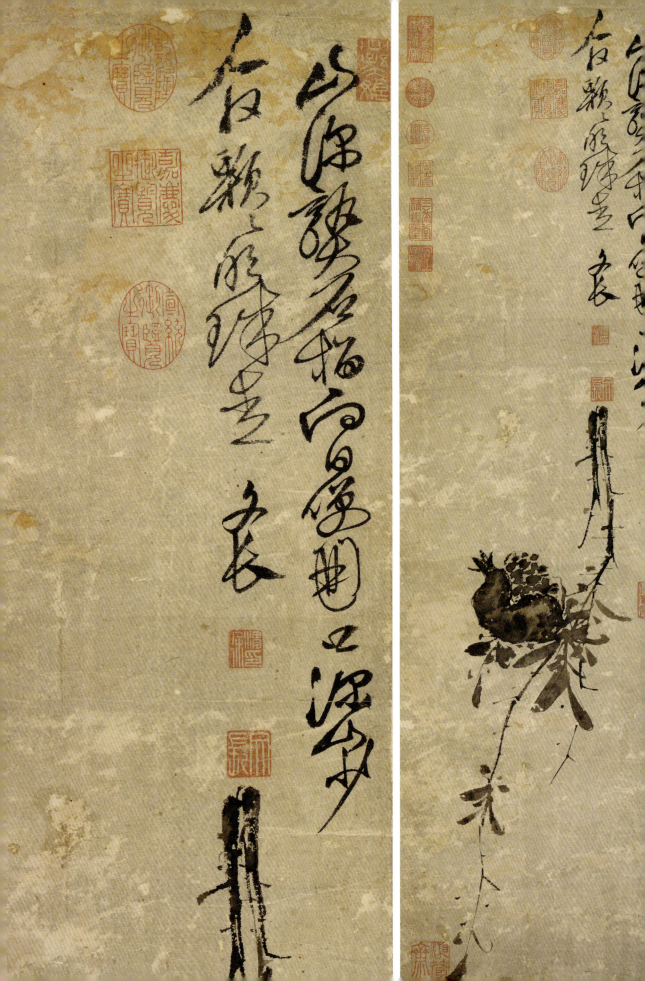

能寄情于琴酒，在尘世间了此余生。从诗中，我们能读出唐寅内心的无限悲凉。这不禁令人想起他的名篇《过闽宁信宿旅邸馆人悬画菊愀然有感因题》："黄花无主为谁容，冷落疏篱曲径中。尽把金钱买脂粉，一生颜色付西风。"

题兰竹石图

文徵明

西斋半日雨浪浪，雨过新梢出短墙。

尘土不飞人迹断，碧阴添得晚窗凉。

文徵明《甫田集》收此诗，题为《题竹寄履仁》。应该是另一幅上也题写过此诗。诗写雨后无尘，新竹悦目，晚凉惬怀。浪浪，读阳平。《四库提要》说文徵明诗"雅饬之中，时饶逸韵"，从这首诗可窥见一斑。《兰竹石图》绘竹石兰草，并无"短墙"，此或系画家取旧作题画，也可见出题画诗不必拘泥于画面。

题榴实图

徐　渭

山深熟石榴，向日笑开口。

深山少人收，颗颗明珠走。

"明珠"是徐渭诗中常用意象，自负才华，自怜遭际。徐渭常将画中葡萄比作明珠，这幅画上的石榴籽也让他联想到明珠，不仅是形态色泽有相似处，更可看出他对"明珠"意象的钟爱，以及他怀才不遇的郁结。

© 明　徐渭　《榴实图》

题墨芍药

徐　渭

花是扬州种，瓶是汝州窑。

注以江东水，春风锁二乔。

王士禛《香祖笔记》卷十二载：徐渭《墨芍药》一轴，甚奇恣，上有自题云："花是扬州种，瓶是汝州窑。注以东吴水，春风锁二乔。"与此画上题诗文字略有出入，不知是王士禛误记，还是所题画不止一帧所致。

题墨葡萄

徐　渭

半生落魄已成翁，独立书斋啸晚风。

笔底明珠无处卖，闲抛闲掷野藤中。

与一般题诗不同，此诗不从所画之物入手，而是劈头就写作者自己，出语沉痛。独立书斋，见其孤独落寞。第三、四句一气而下。"明珠"意象，既以其形喻画上的葡萄，又以其质喻自己的才华，无人赏识，只能闲弃。画为水墨大写意，逸笔草草，酣畅淋漓。题画诗字势欹斜，狂放不羁，与诗意相呼应。徐渭题画葡萄诗中，数数以明珠设喻，如："数串明珠挂水清，醉来将墨写能成。当年何用相如璧，始换西秦十五城。""昨岁中秋月倍圆，海南母蚌不成眠。明珠一夜无人管，迸向谁家壁上悬？""王生昔日好容颜，今日相逢范叔寒。赠与明珠三百颗，谁知一颗不堪餐。"

© 明　徐渭　《墨葡萄》

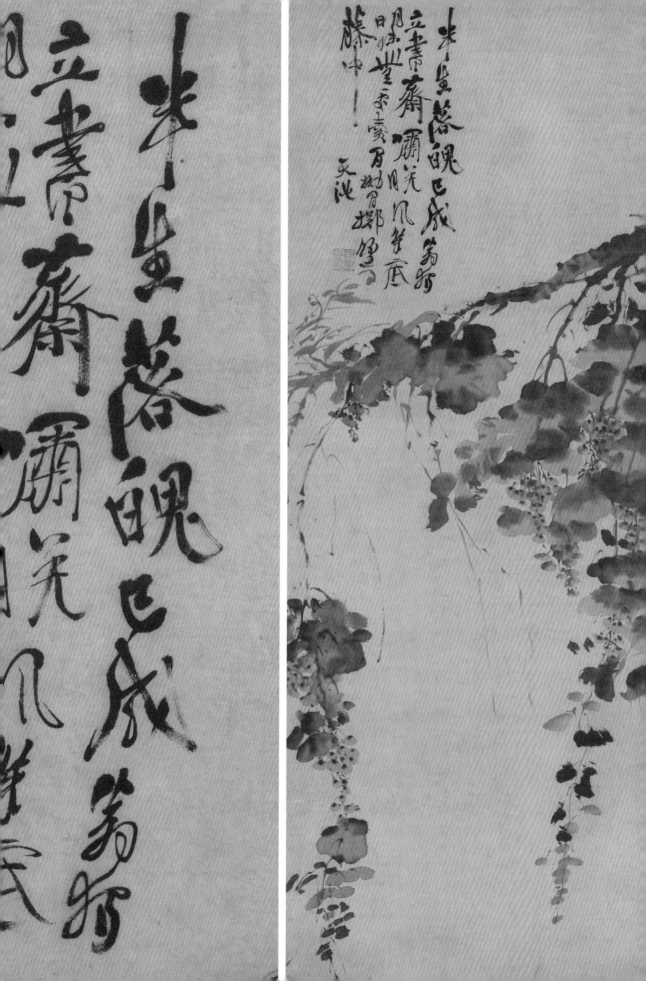

题竹石图

徐　渭

纸畔濡毫不敢浓，窗前欲肖碧玲珑。

两竿梢上无多叶，何自风波满太空。

前两句讲作者想要画取窗前的玲珑绿竹，不敢施以浓墨，唯恐坏其风致。后两句说竹叶无多，何劳狂风卷天而来。此诗当有感而作，颇有"树欲静而风不止"之慨。

题墨梅花

徐　渭

从来不见梅花谱，信手拈来自有神。

不信但看千万树，东风吹着便成春。

徐渭狂放不羁，画梅也不落俗套，此诗以夸张的手法，表达了他的自信。这应该也是徐渭题画诗中的得意之作。在《三清图》上也题此诗，第三句"但"作"试"。

题芭蕉梅花图

徐　渭

冬烂芭蕉春一芽，隔墙自笑老梅花。

世间好事谁兼得，吃尽鱼儿又拣虾。

与王维"雪中芭蕉"之超越时空不同，徐渭的《芭蕉梅花图》画的是实景：冬枯的芭蕉，逢春长出新芽；隔墙梅花已老，即将谢幕。然则芭蕉浓荫与梅花疏影，固不可同时兼得。用"烂"字写芭蕉萎落，用"老"字写梅花凋零，均工于炼字。末句用俚语入诗，别有谐趣。

徐渭画过多幅芭蕉梅花图，其中一幅在芭蕉大叶间隙缀点点梅花，题诗云："偶然蕉叶影窗纱，漫想王维托雪加。斗酒醉余浑泼墨，毫尖不觉点梅花。"并在落款中称"戏作"。这幅画上的梅花与芭蕉确属不同时令的景致，所以他作诗以酒醉为辞自解。

题四时花卉图

徐　渭

老夫游戏墨淋漓，花草都将杂四时。

莫怪画图差两笔，近来天道够差池。

徐渭将藤花、梅花、芭蕉、牡丹、秋葵、竹子、水仙、兰等不同季节的花草树木画在这幅《四时花卉图》上，颇有沈括评王维画"不问四时"的遗风。之所以这样画，固然有文人画审美特点和四时杂花画发展的原因，从题画诗看，徐渭是有意以此讥刺"天道差池"，抒发内心的愤懑。差池，不齐、差错的意思。天道差池，就是说老天爷稀里糊涂，致使人间没有公道。清代白话小说《合锦回文传》中有俗谚："人事虽有差池，天道必无舛错。"而今天道差池，人事可想而知。

◎ 明　徐渭　《四时花卉图卷》

老夫遊戲墨淋
漓花亭都非汝薙
四時真在十畫圖著
兩筆近春天道
夠
老池

天池徐渭

题牡丹蕉石图

徐　渭

牡丹雪里开亲见，芭蕉雪里王维擅。

霜兔毫尖一小儿，凭渠摆拨春风面。

　　徐渭画完此图后，已在画面的右上题五绝一首："焦墨英州石，蕉丛凤尾材。笔尖殷七七，深夏牡丹开。"画中为芭蕉叶大的夏景，但又杂入春季开花的牡丹，画家给出的解释，是他笔尖有个殷七七，所以能让牡丹在盛夏绽放。殷七七是唐代道士，"能开非时花"，事见《太平广记》。本来画作已经完成，也许徐渭酒后忽然浮起雪中牡丹的记忆，又乘醉再题此诗。诗前题曰："画已，浮白者五，醉矣。狂歌《竹枝》一阕，赘书其左。"竹枝，是民歌经文人改造后形成的一种诗歌体裁，多为七绝，句中平仄比较自由。诗后自注道："尝亲见雪中牡丹者两。"徐渭在现实中见过雪中牡丹，现在又画出盛夏时节的牡丹，画家的笔功同造化，能自定天地运行规则，创造出各种景物。诗中的"小儿"，意指造化，即自然界的创造者。徐渭怕读者误会，特意在诗下方注："杜审言：吾为造化小儿所苦。"语出《新唐书·杜审言传》："审言病甚，宋之问、武平一等省候如何。答曰：'甚为造化小儿相苦，尚何言？'"

题瓶花图

徐　渭

松烟烧得汝窑黄，墨沈闲涂花里王。

更配一梢清似水，俨如光武对严光。

　　《瓶花图》绘汝窑花瓶，瓶中插牡丹花和梅花。作者将牡丹花比作光武帝刘秀，将梅花比作严光，谐趣而贴切，令人不禁莞然。

◎ 明　徐渭　《牡丹蕉石图》

甲戌得道人不潝時年六十
子也

元祐之物象豪粗
老子句孤得
人不潝時年
甲戌得道
子也

题黄甲图

徐 渭

兀然有物气豪粗，莫问年来珠有无。

养就孤标人不识，时来黄甲独传胪。

　　此诗题写在《黄甲图》（画题为后人所拟，原画无题）右上方。画面中间是硕大的荷叶，下绘一螃蟹，似在爬行；荷叶呈枯萎状态，显示是"秋风起，蟹正肥"的时节。今人多将此诗解为借螃蟹讽刺科举及第者。但仔细品读，似无此意。比较费解的是第二句中的"珠"。按《说文解字》对"珠"的解释是："蚌之阴精。从玉朱声。"《淮南子·坠形训》："蛤蟹珠龟，与月盛衰。"蛤蜊、螃蟹、珠蚌、乌龟，都属阴物，随月亮盈亏而盛衰。徐渭对"珠"情有独钟，诗中数数用之，那么他特别留意古书中有关"珠"的典故，也在情理之中。《淮南子》是名著，"蛤蟹珠龟"并非僻典，应该早入徐渭腹笥。如果把"珠"理解为蟹的同类，四句诗就能贯通了。大意是说，此物气势粗豪，独来独往，不在乎有没有同伴；它修德养性，不求人知，当时机成熟，自能金榜题名。孤标，形容人品行高洁。黄甲，科举甲科进士及第者的名单，用黄纸书写，故名。传胪，即唱名，殿试后由皇帝宣布登第进士名次。诗中"兀然""莫问""孤""独"前后呼应，一气贯串。或认为这是徐渭以蟹自况，似也未必。笔者更倾向于游戏之作，徐渭画完之后因蟹壳而联想到"黄甲"，结合螃蟹的形象，作此诗题画，取其谐趣而已。

　　有人认为"珠"当释为"铢"，指钱。按"铢"是古代重量单位，"五铢钱"是指每枚钱的重量为五铢（约合今3.5克），未见以"铢"代指钱的用例；且次句如果解释为不要问近年来有没有钱，句意也显得有些突兀。

　　徐渭写过好几首题画蟹的诗，兹另录两首以供参读："谁将画蟹托题诗，正是秋深稻熟时。饱却黄云归穴去，付君甲胄欲何为。""稻熟江村蟹正肥，双螯如戟挺青泥。若教纸上翻身看，应见团团董卓脐。"

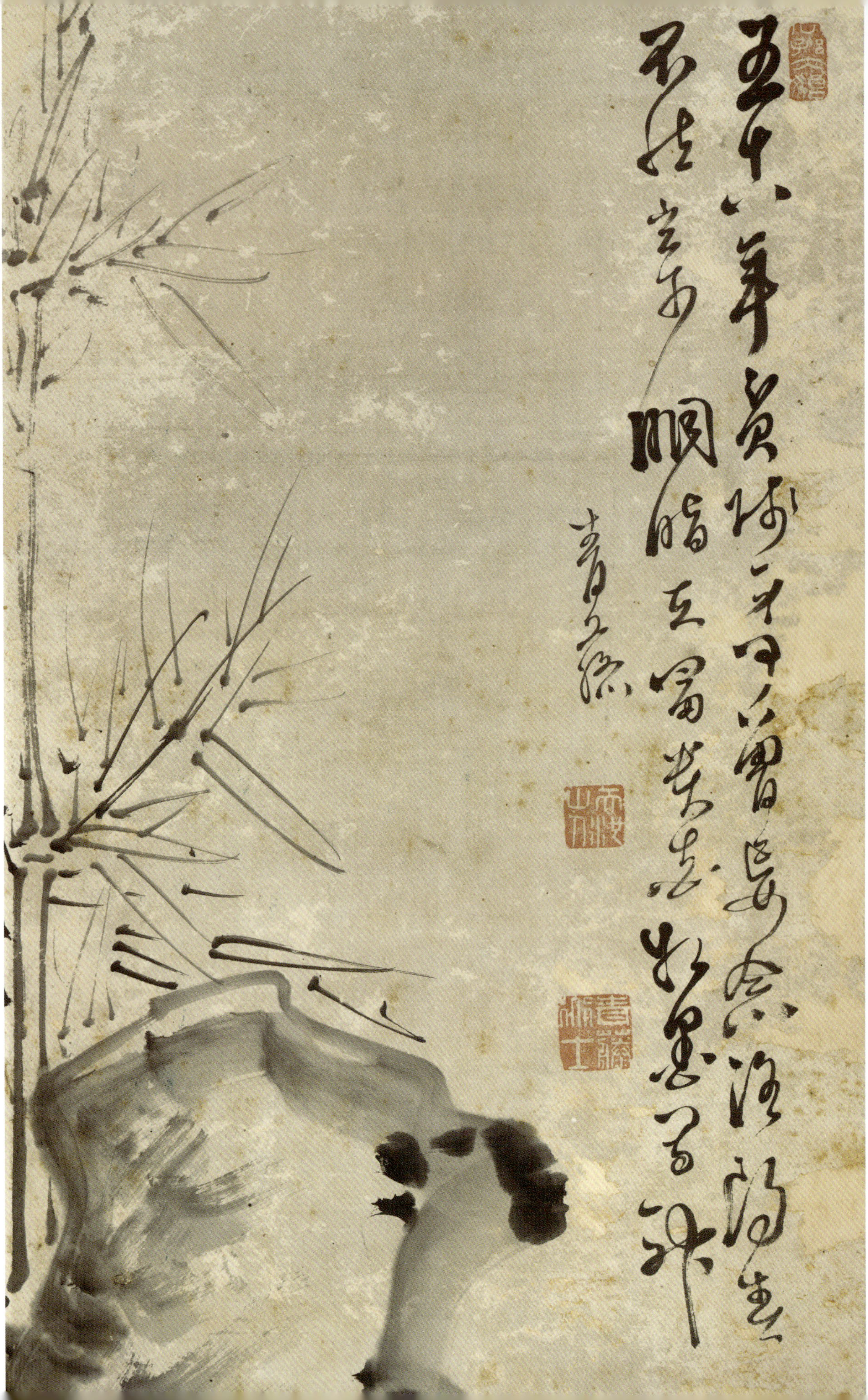

题牡丹图

徐　渭

五十八年贫贱身，何曾妄念洛阳春。

不然岂少胭脂在，富贵花将墨写神。

洛阳牡丹闻名天下，牡丹当亦以开在洛阳为荣。但徐渭画的是墨牡丹，无意展示沐浴于洛阳春风中的艳丽风姿。否则他尽可浓墨重彩画出牡丹的富贵相，因为并不缺少着色的颜料。诗中昭示了徐渭不肯趋附权贵、洁身自好的品格。

题梅鹊图

陈洪绶

高梧老桂暗天街，梅水烹茶有好怀。

写与来君悬壁去，雪飞月冷坐空斋。

冬天，梧桐和桂树早已黯然失色，这是梅花的季节，雪水烹茶，不禁心情大好。画幅梅花送你挂在墙上，可在雪月之夜聊佐清欢。诗没有拘泥于画面，写出了冬日文人的雅趣。

◎ 明　徐渭　《牡丹图》

西洲春薄暮 南内玉已晚偷筆
獨琴聲 誰為挽歌版 榼施乐
二便芟凉行可無甲館天台山
馬為門德
甲戌之夏日畫箏跃

© 清　朱耷　《双鸟图》

题双鸟图

朱 耷

西洲春薄醉，南内花已晚。
傍着独琴声，谁为挽歌版？

横施尔亦便，炎凉何可无。
开馆天台山，山鸟为门徒。

　　这是题在画上的两首古体五绝。诗后跋语称"甲戌之夏日画并题"，甲戌年当为康熙三十三年（1694），时八大山人已年近古稀。第一首写暮春时节，花自飘零，画家独倚琴声，无需伴唱。西洲，南朝民歌有《西洲曲》，写男女爱情，西洲是诗中女子住处附近的沙洲。薄醉，微醉。南内，代指皇城。歌版，即"歌板"，古代唱歌时用来打拍子的乐器。这首诗写出了作者内心的孤寂和傲兀。

　　第二首大意谓：纵横施为，无不方便；四季炎凉，皆无挂碍。我在天台山开馆设帐，山鸟就是我的门徒。朱耷为僧多年，法号传綮，传于明曹洞宗师博山元来一系。此诗或受曹洞宗"行鸟道"说影响。

　　晚清书法家何绍基见到此画，曾作长诗一首，兹录其中直接描写此画的数句，以供参读："发缄何处小鸟来，到眼省是王孙迹。不画峰峦及亭舍，亦无竹木同水石。双雏栩栩势欲动，令我清风快生亦。不劳阿阁明九苞，未羡天池抟六翮。和鸣似喜春雨润，对舞还贪午阴碧。墨无十点笔无转，鸟身盈寸纸三尺。三尺之纸天地宽，万里虚明日月白。王孙遭际是何世，神州陆沉行路窄。琴声歌版有谁问，天台山春冷萧索。托心微物不自知，放眼太空聊一适。"

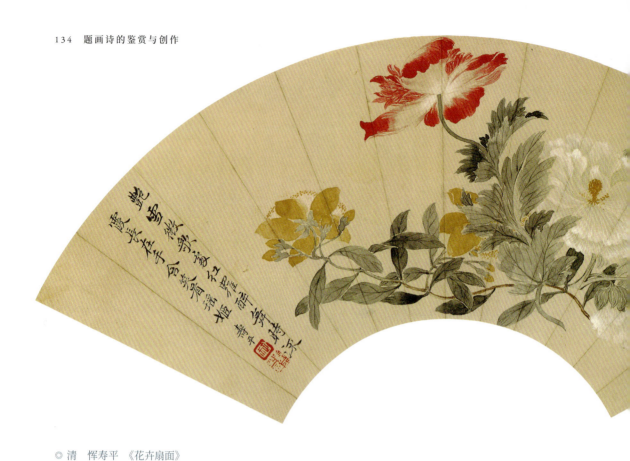

◎ 清　恽寿平　《花卉扇面》

◎ 清　恽寿平　《九华佳色图扇面》

题花卉扇面

恽寿平

艳雪征歌处，红罗醉舞时。

流霞长在手，含笑看瑶姬。

　　这幅《花卉扇面》是恽寿平花鸟画的代表作之一。诗题写于画心左侧，诗后落款"寿平"，钤印二方，整个画面尽显超逸典雅之致，堪称诗书画印四位一体的经典作品。征歌，征招歌伎。流霞，代指酒。诗以对仗起，艳雪、红罗，分写画上花的色彩；第三句跳出画外，写赏画也即赏花之人，末句又回到画上之花。全诗用拟人手法，展示了花卉的动人风姿。

题九华佳色图扇面

恽寿平

黄鹅紫凤舞霓裳，耐得秋寒斗晓妆。

一片绿涛云五色，更疑岩电起扶桑。

　　秋菊又称"九华"。岩电，"岩下电"的省称，形容目光炯炯有神。典出《世说新语·容止》："裴令公目王安丰'眼烂烂如岩下电'。"首句一作"黄鹅初试舞衣裳"，诗成后作者又有改动，也是常事。

题山茶腊梅图

恽寿平

寒香还与岁寒期，夜起移灯看雪时。

不待春风到梅柳，山茶先发近窗枝。

山茶花先梅柳透露春信息，此诗申发画意。夜起移灯看雪，有此雅兴，即便终身未作一句诗，亦是诗人矣。

题画梨花

石　涛

人说梨花白雪香，我爱梨花似月光。

明月梨花浑似水，不知何处是他乡。

前两句从梨花白色联想到月光，后两句即自然转入思乡。李白《客中行》："兰陵美酒郁金香，玉碗盛来琥珀光。但使主人能醉客，不知何处是他乡。"末句径用李白诗。

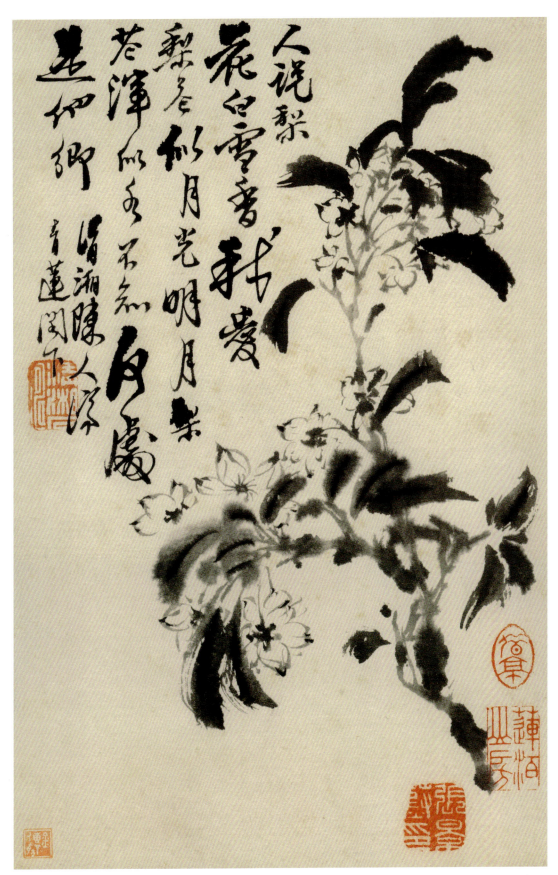

◎ 清　石涛　《画梨花》

题画桃花

石　涛

度索山光醉月华，碧空无际染朝霞。

东风得意乘消息，变作夭桃世上花。

说桃花自东海神山上朝霞变来，善
于联想。度索，即"度朔"，传说中东
海神山。王充《论衡·乱龙》中说，神
荼、郁垒兄弟二人，"居东海度朔山上，
立桃树下，简阅百鬼"。诗后跋语云：
"如此说桃花，觉得似有还无。人间不
悟，何泥作繁华观也？"

题画绣球花

石　涛

谁将冰雪折成毬，此辈应知非浊流。

记得琼花尤出色，高高飞上白云楼。

诗后有跋语："绣毬仿佛琼花，但
琼花一朵九花，异香飘渺，非同凡卉。"
绣球花已经如此不俗，琼花之出色可想
而知。

◎ 清　石涛　《画绣球花》

题花鸟册

李　鱓

莫怪毫端用意奇，年来世味颇能知。

从今相与先防辣，到得含咀悔后迟。

诗后跋语："复堂写此志感。"是画家触事
有感，故作此画，以题诗申明画旨，诙谐中带
有酸楚。相与，相互。

◎ 清　李鱓《花鸟册》

莫惜毫端同意
奇年來世味頗能
知從今相吊先防
辣到悔舍後遲
渡堂寫此誌感

數樹梅花破俗冷香恰稱清貧
舊家門徑不改莫道此中無人
己卯八月畫寄
于木先生 曲江外史金農并題

题冷香图

金 农

数树梅花破俗，冷香恰称清贫。

旧家门径不改，莫道此中无人。

梅花本非俗物，冷香也与清贫之家相
称。这座旧宅，门径未改，里面的人也没有
变。六言诗较少人写，金农这首六言题画诗
写得有点"冷"，表达了他孤高傲世的志趣。

题牵马图

金 农

龙池三浴岁骎骎，空抱驰驱报主心。

牵向朱门问高价，何人一顾值千金。

龙池三浴，点出这是匹曾受君王垂青的
骏马。杜甫《韦讽录事宅观曹将军画马图》：
"曾貌先帝照夜白，龙池十日飞霹雳。"龙池
是唐宫内的一个池沼。然而随着光阴流逝，
这匹千里马渐受冷落，空有一腔报主之心，
最终还是被牵出去售卖给富贵人家了。此画
作于金农75岁时，想必他心中有诸多感慨。
这首诗还题写在另一幅《牵马图》上，据题
跋可知作于同一年。

◎ 清 金农 《冷香图》

题墨竹图

郑 燮

新竹高于旧竹枝，全凭老干为扶持。

明年再有新生者，十丈龙孙绕凤池。

据题跋"孆石十哥弄璋之兆"，此画并诗本为贺其兄生子而作，所以有"龙孙凤池"之类吉祥语。龙孙，指竹笋、新竹。陆游《夏日》诗："将雏燕子暂离巢，过母龙孙已放梢。"凤池，凤凰池的省称，本为禁苑中的池沼。魏晋南北朝时中书省设于禁苑，被称为"凤凰池"，后世常以凤池喻宰相。此指受画者。"新竹高于旧竹枝，全凭老干为扶持"，这两句诗被解读出新的寓意，用来形容前辈支持后辈、后辈青出于蓝的社会现象。一首应酬诗能写得如此富有哲理，让人不得不佩服郑板桥的才思；同时，这也说明阅读传播是诗词的再创作，正如近代学者谭献在《〈复堂词录〉序》中所说："作者之用心未必然，而读者之用心未必不然。"

题竹石图

郑 燮

咬定青山不放松，立根原在乱岩中。

千磨万击还坚劲，任尔东西南北风。

郑板桥以画竹闻名于世，画过多幅竹石图，也留下多首题竹石图的诗歌，这是其中最著名的一首。全诗借描写扎根于石缝中的竹子形象，赞颂了不畏艰难、坚韧不拔的品格。此诗系郑板桥得意之作，题写在多幅《竹石图》上，时有异文，如"乱岩"又作"破岩""乱崖""破崖"，"万击"又作"万折"，"坚劲"又作"坚净"，"东西南北风"又作"东南西北风""颠狂四面风"。

◎ 清 郑燮 《竹石图》

咬定青山不放鬆立根原在亂巖中千磨萬擊還堅勁任尔東西南北風孟翁年學兄鑒教板橋弟鄭燮

潍县署中画竹呈年伯包大中丞括

郑　燮

衙斋卧听萧萧竹，疑是民间疾苦声。

些小吾曹州县吏，一枝一叶总关情。

　　这是郑板桥最为脍炙人口的题画诗。他于乾隆十一年至十二年
（1746—1747）间任山东潍县知县，深知民间疾苦，借画竹题诗，表达
了关心民瘼的真切情怀。年伯，科举时代称同榜考取的人为"同年"，
称"同年"的父辈为年伯。中丞，清代巡抚的别称。些小，稍许，此指
官职卑微。吾曹，我们。关情，牵动情怀。前三句语言直白，直抒胸
臆；末句妙用双关，遂成名句。

题竹石图

郑　燮

四十年来画竹枝，日间挥写夜间思。

冗繁削尽留清瘦，画到生时是熟时。

　　这是郑板桥画竹四十年的心得体会，颇含哲理。他写过一副题书斋
联，表达的是同样的审美取向："删繁就简三秋树，领异标新二月花。"

一剪梅·题兰竹石图

郑 燮

几枝修竹几枝兰，不畏春残，不怕秋寒。飘飘远在碧云端。云里湘山，梦里巫山。 画工老兴未全删，笔也清闲，墨也斓斑。劝君莫作画图看。文里波澜，字里机关。

题画诗中词较少见，郑板桥这首词写得清新脱俗，意味深长。上片写画中兰竹风姿，因为是画中物，自然不用担心四季荣枯。它们永远那么娟秀，就像在云里梦里，在湘山巫山。下片转为论画。他用清闲之笔、斓斑之墨画出兰竹，并不纯为图形写貌，而融入了他对画理和人生的感悟，所以观画诸君，不要拘泥于画幅本身，要看出其中的玄机。

题梅花图

蒲 华

妩媚偏饶铁石肠，广平一赋韵铿锵。

罗浮梦醒哑然笑，画到梅花笔也香。

唐代名相宋璟封广平郡公，世称"宋广平"，立朝刚正不阿，曾作《梅花赋》。皮日休《桃花赋序》云："余常慕宋广平之为相，贞姿劲质，刚态毅状，疑其铁肠与石心，不解吐婉媚辞。然睹其文而有《梅花赋》，清便富艳，得南朝徐、庾体，殊不类其为人也。"前两句用此典故。罗浮梦，用《龙城录》（旧题柳宗元撰）典故：隋开皇中，赵师雄于罗浮山遇一女郎，与之语，芳香袭人，语言清丽，遂相饮竟醉。及觉，乃在大梅树下。广平、罗浮，都是梅花熟典。末句神来之笔，振起全篇。

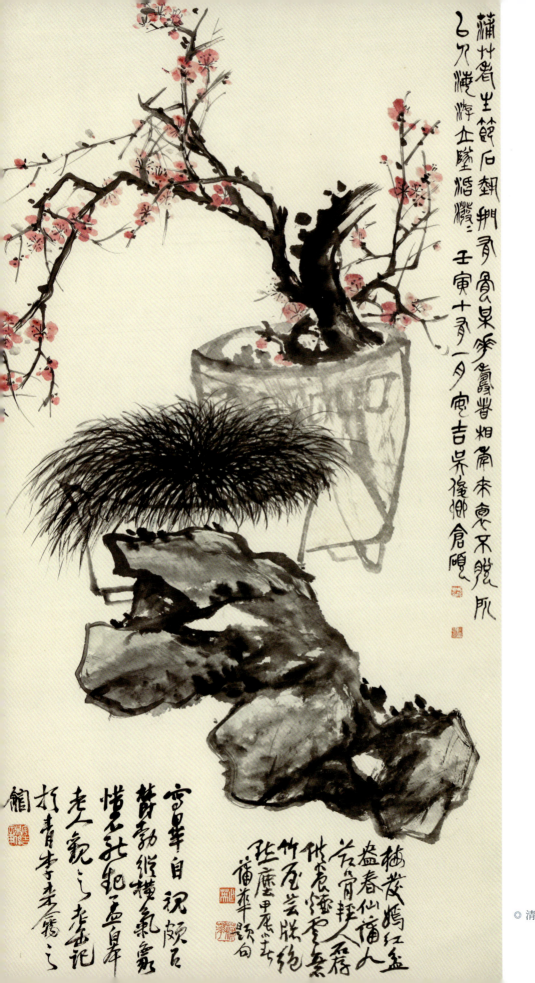

© 清　吴昌硕　《梅花蒲石图》

题吴昌硕梅花蒲石图

蒲 华

梅发嫣红盆盎春，仙蒲九节骨轻人。

石存供养烟云意，竹屋芸窗绝点尘。

这是蒲华题写在吴昌硕《梅花蒲石图》上的一首七绝。首句写梅、盆，次句写蒲，第三句写石，将画上之物全部点到；第四句虚写，总结以上诸物都具清雅脱俗的特点，应该置于纤尘不染的竹屋芸窗内。诗左侧有吴昌硕颇为自得的题跋："写毕自视，颇有郁勃纵横气象，惜不能起孟皋老人观之。"

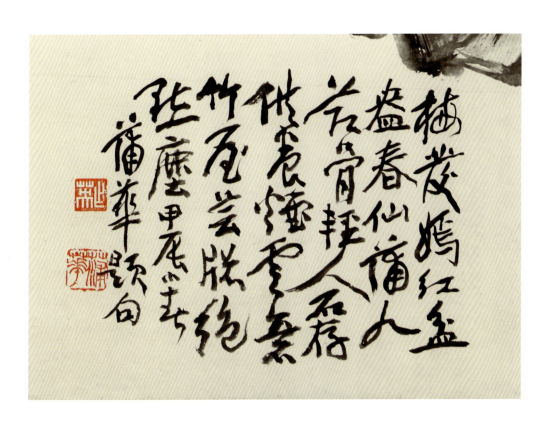

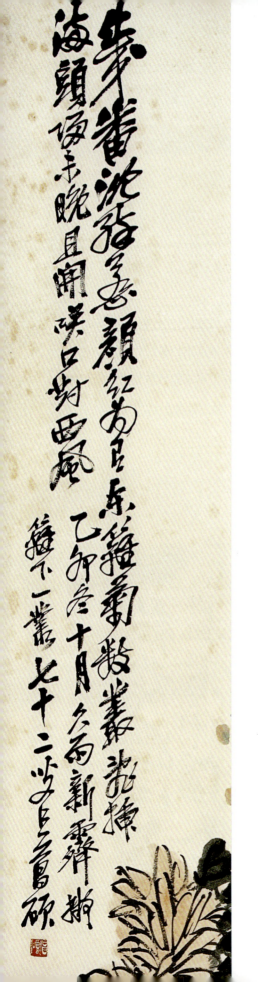

题秋花竞艳图

吴昌硕

几番沉醉惹颜红，为有东篱菊数丛。

乱插满头归未晚，且开笑口对西风。

诗后跋语："乙卯冬十月久雨新霁，拟篱下一丛。七十二叟吴昌硕。"吴昌硕爱菊。居种菊，画亦多菊。此诗表达作者对菊花的喜爱和久雨新霁的欢快心情。东篱，写菊常用典故。"尘世难逢开口笑，菊花须插满头归"，杜牧《九日齐山登高》诗颔联，后两句化用其意。

题竹石图

吴昌硕

数竿寒绿影婆娑，雪后萧萧近水坡。

傥遇伶伦制为笛，春风吹出太平歌。

前两句写画上竹子的风姿：地在水坡，时值雪后，竹子绿影婆娑，在寒风中挺立不屈。第三、四句一转一合，顿时提升了全诗境界：如果这竹子遇上伶伦，做成笛子，在春风中吹奏太平歌，那该多好！伶伦是黄帝时乐官、中国音乐的始祖，据说是竹笛的发明者。据画上题跋"乙卯春莫客芦子城畔之寒云一屋，安吉吴昌硕，时年七十有二"，知此画作于1915年。他用这幅画、这首诗，表达了祈盼天下太平的心愿。

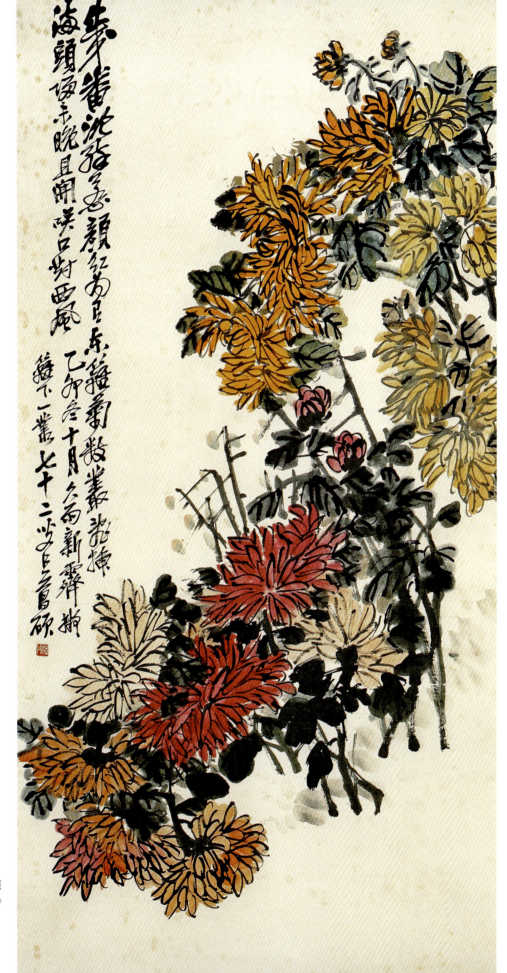

© 清 吴昌硕
《秋花竞艳图》

题葡萄图

吴昌硕

葡萄酿酒碧于烟，味苦如今不值钱。

悟出草书藤一束，人间何处问张颠。

　　这首诗是吴昌硕对自己以草书笔法画藤的感悟。张颠，指唐代擅狂草的张旭。在画的右上方，吴昌硕录徐渭题画葡萄的名句"笔底明珠无处卖，闲抛闲掷野藤中"，似有怀才不遇之感叹。其实录青藤诗句，可能更主要的是因为他继承徐渭以草书入画的探索。他在七十八岁时画的《草书遗意图》上，书"草书遗意"为画题，题款中明确表示"为拟青藤笔意"。

题岁寒抱节图

吴昌硕

岁寒抱节有霜筠，野火烧山未作薪。

莫笑离披无用处，犹可缚帚扫黄尘。

　　此图此诗作于1927年，吴昌硕于这年去世。前两句说寒冬季节，竹子仍然迎霜挺立，这还是野火烧山的幸存者，其中寓含了作者历劫不死的身世之感。后两句用诙谐的语调，表达自己仍愿做些有益社会之事的心愿：不要笑话这些枝枝叶叶没什么用处，扎成扫把，还可以扫除尘垢。读之令人感佩。

题梅花图

齐白石

今古公论几绝伦，梅花神外写来真。

补之和伯缶庐去，有识梅花应断魂。

齐白石在其所画梅花图上题七绝二首，这是其一。据跋语，这是"复刻"之前的诗画。诗中提到补之，指扬无咎，字补之，南宋画家。自称为汉扬雄后裔，故其书姓不从"木"。和伯，指尹金阳（1835—1919），字和伯，号和光老人，湖南湘潭人，清末画家。缶庐，即吴昌硕。齐白石认为自古至今，画梅花的以这三位为最佳，如今他们先后辞世，梅花有知，应该非常伤心。

（三） 人物画题画诗赏析

西王母

郭 璞

天帝之女，蓬发虎颜。

穆王执贽，赋诗交欢。

韵外之事，难以具言。

　　这是郭璞为《山海经图》中西王母像写的赞辞。据《穆天子传》载，周穆王曾与西王母会于瑶池。周穆王带去了白圭、玄璧等礼物，二人在宴会上饮酒赋诗。赞辞即写这个故事。执贽，古代拜访人时携礼物相赠。具言，详尽描述。赞辞四言六句，双句押韵。

题文会图

赵 佶

儒林华国古今同，吟咏飞毫醒醉中。

多士作新知入彀，画图犹喜见文雄。

　　《文会图》是宋徽宗和宫廷画家共同创作的一幅设色画，描绘了文人雅士会集于庭院饮酒赋诗的场景。诗首句先发议论，说自古至今，文士都是能让国家增光添彩的。华国，让国家有光彩。次句写文会场景：只见文士们酒后诗思泉涌，奋笔疾书。第三句用《唐摭言》中的典故——唐太宗看见新进士鱼贯而出，高兴地说："天下英雄入吾彀中

◎ 宋 赵佶 《文会图》
（局部）

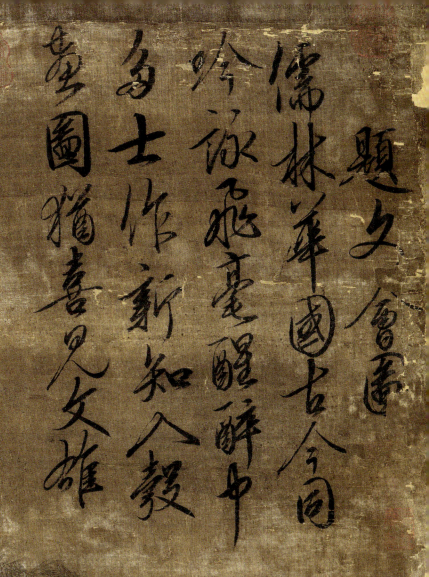

題文會圖

儒林華國古今同
吟詠飛毫醒醉中
多士作新知入彀
畫圖猶喜見文雄

矣。"彀中，指弓箭射程之内。唐太宗用以比喻人才被他笼络网罗。多士，众多贤士。第四句是说这场景虽然只是图画，但真实反映了大宋人才济济，朕看了也着实欢喜。文雄，文豪。

　　画的左上角是蔡京所题的和韵诗："明时不与有唐同，八表人归大道中。可笑当年十八士，经纶谁是出群雄。"意思是大宋超越大唐，四面八方的人才都被吸引过来了。明时，政治清明的时代。有唐，指唐朝。十八士，唐太宗在长安城设文学馆，杜如晦、房玄龄、虞世南等十八人常在此讨论政事、典籍，时称"十八学士"。

题王蜀宫妓图

唐 寅

莲花冠子道人衣，日侍君王宴紫微。

花柳不知人已去，年年斗绿与争绯。

诗后跋语，已为此诗作详注："蜀后主每于宫中裹小巾，命宫妓衣道衣，冠莲花冠，日寻花柳以侍酣宴。蜀之谣已溢耳矣，而主之不抱注之，竟至滥觞。俾后想摇头之令，不无扼腕。"后二句与岑参"庭树不知人去尽，春来还发旧时花"同一机杼，无限感慨，尽在其中。

题秋风纨扇图

唐 寅

秋来纨扇合收藏，何事佳人重感伤。

请把世情详细看，大都谁不逐炎凉。

诗用汉成帝宠妃班婕妤"秋扇见捐"典故，而别有感慨。他说世态炎凉是这个社会的常态，不独宫中如此，班婕妤没必要过于感伤。其实是借此表达对社会风气的失望与不满。明代收藏家项元汴在此画题跋中说："唐子畏先生，风流才子，而遭谗被损，抑郁不得志。虽复佯狂玩世以自宽，而受不知己者之揶揄，亦已多矣！未免有情，谁能遣此？故翰墨吟咏间，时或及之。此图此诗，盖自伤兼自解也。"题诗从左到右，盖取与人物方向一致。此古人随宜处事、不拘常格之处。

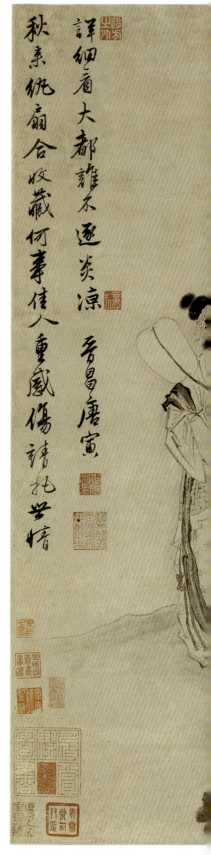

◎ 明　唐寅　《秋风纨扇图》

蓮花冠子道人衣日侍君王宴
紫微花柳不知人已去年年鬬綠
與爭緋
蜀後主每於宮中裹小巾命宮妓
衣道衣冠蓮花冠日尋花柳以
侍酣宴蜀之謠已溢耳矣而主之
不挹注之竟至濫觴俾後想搖
頞之令不無扼腕唐寅

◎ 明　唐寅　《王蜀宫妓图》

紅葉題情付御溝當時叮囑向西流

無端東下人間去却使君王不信愁

唐寅

題紅叶題詩仕女圖

唐　寅

红叶题情付御沟，当时叮嘱向西流。

无端东下人间去，却使君王不信愁。

　　红叶题诗是个熟典，唐寅却翻出了新意。唐代宫女题诗是为了让它通过御沟流向宫外，而画中的宫女却是"反向操作"，叮嘱它向西流，流到皇上跟前。偏偏这红叶向东流出深宫，流向人间，宫女的一片苦心，皇上永远不知。

紅葉題情付御溝
當時叮囑向西流
無端東下人間去
卻使君王不信愁

唐寅

◎ 明 唐寅
《红叶题诗仕女图》

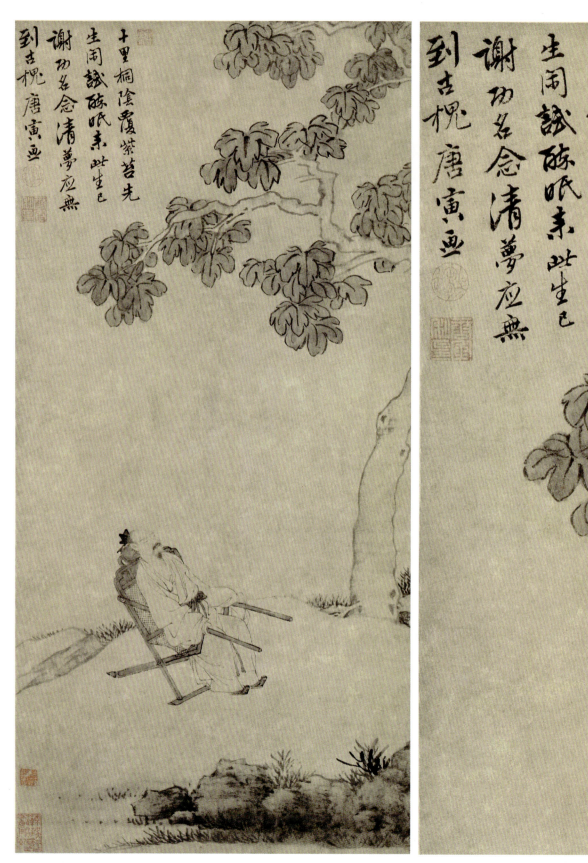

十里桐陰覆紫苔先
生閒試陳眠來此生已
謝功名念清夢應無
到古槐　唐寅畫

生閒試陳眠來此生已
謝功名念清夢應無
到古槐　唐寅畫

© 明　唐寅　《桐阴清梦图》

题桐阴清梦图

唐　寅

十里桐阴覆紫苔，先生闲试醉眠来。

此生已谢功名念，清梦应无到古槐。

末句用"一枕槐安"的典故。书生淳于棼在槐树下睡觉，梦入大槐安国，娶公主为妻，任南柯太守，享尽荣华富贵。醒后发现所谓的"大槐安国"实为槐树下的蚁穴。见唐代李公佐《南柯太守传》。后二句大意谓，画中人物闭目慵坐，如入梦乡，但他已断绝博取功名的念头，应该不会梦入槐安国。正所谓日有所思、夜有所梦，平日心中不系念功名，功名自然不会入梦。这是唐寅经科场案打击的心理写照。

踏莎行·题簪花仕女图

唐　寅

寒气萧条，刚风凛烈，薄情何事轻离别。经时不去看梅花，窗前一树通开彻。　急唤双鬟，为侬攀折。南枝欲寄凭谁达。对花无语不胜情，天边雁叫添愁绝。

《六如居士集》收唐寅作《踏莎行·闺情》四首，分题春夏秋冬，此为冬，写闺中少妇折梅花思念远人的情景，颇肖唐末五代词风味。或许是唐寅画完此图后，因词境与画境相合，故取旧作题画。刚风，高天强劲的风，此指凛冽的北风。经时，许久。双鬟，指侍婢。南枝，借指梅花。不胜情，感情浓郁到无法承受。

题麻姑图

华 嵒

袅袅行云去，仙衣不染尘。

玉缸春酒暖，进与养年人。

诗画都取麻姑献寿典故。养年，保养年寿。前两句写出画上麻姑形态。后两句寓意吉祥。

题酸寒尉像

杨 岘

何人画此酸寒尉，冠盖丛中愁不类。苍茫独立意何营，似欲吟诗艰一字。尉乎去年饥看天（君去年绘《饥看天》图），今年又树酸寒帜。苍鹰将举故不举，跕跕风前侧两翅。高秋九月百草枯，野旷无粮仗谁饲。老失老矣筋力衰，丑态向人苦遭弃。自从江干与尉别，终日昏昏只思睡。有时典裘酤一斗，浊醪无功不成醉。尉如盐薤我如堇，不登嘉荐总一致。尉年四十饶精神，万一春雷起平地。变换气味岂能定，愿尉莫怕狂名祟。英雄暂与常人伦，未际升腾且拥鼻。世间几个孟东野，会见东方拥千骑。

《酸寒尉像》是任伯年为吴昌硕画的肖像，款署"光绪戊子八月昌硕属任颐画"，作于光绪十四年（1888），吴昌硕时年45岁，在苏州县衙里担任巡查城市、缉捕盗贼的小吏，自称"酸寒尉"，取意于韩愈《荐士》诗中"酸寒溧阳尉，五十几何耄"。韩愈诗题后有注曰"荐孟郊于郑馀庆也"。唐代诗人刘叉《答孟东野》诗中也有"寒酸孟夫子"句，可见"寒酸"或"酸寒"是孟郊的形象特征。南宋赵蕃《呈晦庵二首》其二用韩愈诗典故："孟郊五十酸寒尉，想见溧阳神尚游。"

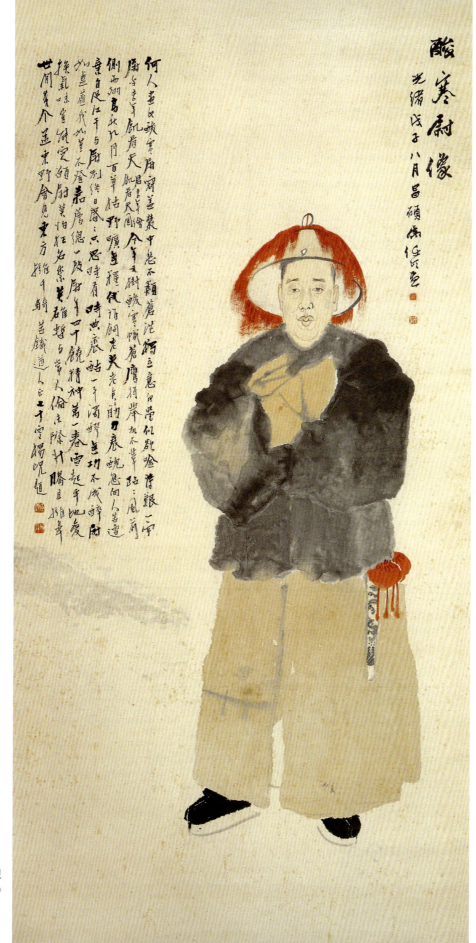

酸寒尉像

光緒戊子八月昌碩屬任氏畫

何人畫我破寒酸冠蓋叢中忠不頼蒼況獨立意自當似識喻清羸一字驢前誇夫寒眉天風前誇夫寒眉天風闕今年支尉酸寒職蒼膺拂舉然不等側西湖昌此九月百草枯野曠豈種後許飼老天吝闓刀痕皴頞憑問人善遭意自陡江干與尉別終日唇六思時有時典裘酤一年潴醳無刊不成尉如惠藤風如業不登嘉蘼總一段尉年四千饋精神萬春志起年地慶操氣味罢牀雄黃奮白章人倫去除升曙旦雖身世間彎介益東野會見東方饑于騎芒鐵道人曰上千雲楊峴題

◎ 清 楊峴
《酸寒尉像》

何人畫此皴寒鷹宿蓋叢中態不類蒼茫獨立意何當似欲滄溟擬一寧
鷹乎去年飢看天（君去年繪飢看天風）今年去樹皴寒幟蒼鷹將舉翮不舉站站風前
側西湖高秋九月百草枯野曠無糧伐誰飼老矣老矣翮力衰魄態向人甚遑
棄自度江干與鷹別後日落落只思時有時無衰鼓一手濁翼無功不成醉鷹
如畫蘆我如筆不登嘉鷹總一段鷹年四十饒精神萬一春雷起平地凌
操氣味蜜領寓類鷹莫怕狂名累英雄暫與常人倫來際扶騰且擬舉
世間幾個孟東野會見東方勝千騎
苦鐵道人正 七十叟楊峴題

关于此画，今人多有误释，如谓吴昌硕在画上题写"酸寒尉像"四字，并题诗"达官处堂皇"云云。故略作辨析。

吴昌硕以旷世之才，长期担任酸寒小吏，内心苦闷可想而知，也引发时人的深切同情。任颐此前为他画过《饥看天图》，表现了吴昌硕屈沉下僚的窘境。《酸寒尉图》则是吴昌硕的"工作照"，身着俗吏衣帽的吴昌硕，与人们心目中的艺术大师形象反差极大。而杨岘所题长诗，代无言之画倾诉深沉感慨。

3

题画诗创作技法举隅

如前所述，狭义题画诗既是一种文学文本，又是一种艺术形式。因此，创作题画诗，既要遵循诗词创作的共性，又要注意作为艺术形式的个性。本书赏析部分所选题画诗具有代表性，对于如何创作已示基本途径，如能细心体会，思过半矣。

传统诗词，尤其是题画诗所常用的绝句、律诗、小令等近体诗词，在平仄、对偶等方面有比较严格的规则，在章法、句法、字法等方面也有一些常用的范式。但在具体创作中，"运用之妙，存乎一心"，没有固定的模式可供套用。本书仅举隅以略示门径，有志题画诗创作的读者，在掌握基本规则和常识的基础上，重点在于揣摩经典以培养语感、广泛阅读以积累语料、勤于练手以掌握技巧。

（一）题画诗的立意

明末清初大学者王夫之在《姜斋诗话》中说："无论诗歌与长行文字，俱以意为主。意犹帅也，无帅之兵，谓之乌合。李、杜所以称大家者，无意之诗，十不得一二也。烟云泉石，花鸟苔林，金铺锦帐，寓意则灵。"这段话是针对所有体裁诗歌写作而言，对于题画诗创作，尤具指导意义。因为题画诗创作的对象是绘画作品，如果心中无意，勉强凑泊，则免不了"在圈缋中求活计"。

那么，题画诗如何立意？首先要培养自己的审美能力。审美能力包括两个层面，一是感受美的能力，二是表达这种感受的能力。"登山则情满于山，观海则意溢于海"（刘勰《文心雕龙·神思》），这是感受美的能力。内心丰盈，方能敏锐地感受到天地大美；贫瘠的内心，面对再美的事物也如同以莛撞钟，寂然无声。"有必达之隐，无难显之情"（赵翼《瓯北诗话》），这是表达能力。运用文字的组合，把内心的审美体验表现为诗词，不仅需要"诗心"，还需要"妙手"，其中包括探寻带规律性的创作思路。

沈德潜《说诗晬语》说杜甫题画诗"其法全在不粘画上发议论，如题画马鹰，必说到真马真鹰，复从真马真鹰开发议论，后人可以为式。又如题画山水，有地名可按者，必写出登临凭吊之意；题画人物，有事实可拈者，必发出知人论世之意"。杜甫题画诗不是本书所说的狭义题画诗，不需要考虑篇幅是否适宜画面，但他的创作手法是值得狭义题画诗学习的。题画诗创作总体思路，可用八个字概括："画里画外，不粘不脱。"一方面，题画诗要与所题之画相关，不可离题；同时，又不能拘泥于画面，变成"看图说话"。具体可从以下几个方面考虑：

1. 点明画旨

作画如作诗，都有题旨，即创作者想要表达什么。黄公望《写山水诀》中"先立题目，然后着笔。若无题目，便不成画"，"先命题目，此谓之上品"。黄公望所说的"题目"，兼指题材、题意而言，与诗词创作是相通的。但形成作品后，绘画有不同于诗文之处，即画面只要能表现山水花鸟的形态与神韵，就可以给人以美的享受，不需要特别的命意，这也是古代很多山水画、花鸟画都不书画题的原因；如果画家别有命意，则需用文字点明。采用题画诗的形式点明题旨，尤显雅致。

郑燮《华峰三祝图》，绘竹三竿、石两片，取"三竹"与"三祝"、"峰"与"封"谐音，寓"华封三祝"之意。这个寄寓美好祝愿的题旨，如果不在画面上用文字表述，则读者如猜哑谜，未必知其用意。而表述的文字，可以是散文，也可以直接题"华峰三祝"四字，但郑燮采用题画诗的形式，就显得更为高雅了：

> 写来三祝仍三竹，画出华封是两峰。
> 总是人情真爱戴，大家罗拜主人翁。

前两句解释了为什么要画三竹、二石，后两句缴足题意。

郑燮另一首《题墨兰》诗云：

> 素心兰与赤心兰，总把芳心与客看。
> 岂是春风能酿得，曾经霜雪十分寒。

仅从画面看，绘兰花三丛，如果没有这首题画诗点题，观画者未必明了"素心兰"与"赤心兰"的奥妙。

倪瓒《题幽涧寒松图》：

> 秋暑多病暍，征夫怨行路。
> 瑟瑟幽涧松，清阴满庭户。
> 寒泉溜崖石，白云集朝暮。
> 怀哉如金玉，周子美无度。
> 息景以消摇，笑言思与晤。

诗后有跋语："逊学亲友秋暑辞亲，将事于役。因写《幽涧寒松》并题五言以赠，亦若招隐之意云耳。"《幽涧寒松图》平远画溪涧山峦，数株松树挺立于溪流之侧，意境荒寒，与"秋暑""病暍"形成强烈反差。题画诗加上跋语，告诉世人这幅画寓"招隐之意"，是为友人周逊学赠行，并劝其归隐。

一些有实指的画，也需要点题。如唐寅《落霞孤鹜图》，画王勃滕王阁作序故事，但中国山水画往往并不写实，仅凭画上山水楼阁难以确

◎ 元　倪瓒　《幽涧寒松图》

秋暑多病眠征夫怨行路琴三幽
礀松清陰滿庭户寒泉溜崖
石白雲集朝暮懷玆如金玉周
子美無度息景以消揺安笑言

女几山前春雪消路傍仙杏
發柔條心期此日同遊賞
載酒揚鞭過野橋
唐寅

女几山前春雪消路傍仙杏
發柔條心期此日同遊賞
載酒揚鞭過野橋
唐寅

指是何处，故唐寅于画的左上方题诗一首：

> 画栋珠帘烟水中，落霞孤鹜缈无踪。
>
> 千年想见王南海，曾借龙王一阵风。

"画栋珠帘""落霞孤鹜"，均用《滕王阁序》及其诗中语。王勃溺死于南海，故诗中称他为"王南海"。末句用"风送滕王阁"的传说。读此诗，观画者自然知道这幅画所绘何地、所绘何事了。

2. 演绎画境

《山静居画论》："高情逸思，画之不足，题以发之。"题画诗的一大功能，是对画境的描绘、延展与补充。

如唐寅《题松林扬鞭图》：

> 女几山前春雪消，路傍仙杏发柔条。
>
> 心期此日同游赏，载酒扬鞭过野桥。

《松林扬鞭图》绘早春时节文士游女几山情景。女几山又名花果山，俗称石鸡山，在今洛阳市宜阳县花果山乡。题诗写出春景的优美和游山的愉悦，是对画境的忠实描绘，与画面相得益彰。

吴昌硕《题杨柳远汀图》：

> 杨柳依依拂远汀，东风吹我过溪亭。
>
> 疏钟日暮知何处，隔岸遥山一抹青。

© 明　唐寅　《松林扬鞭图》

◎ 清　吴昌硕　《杨柳远汀图》

题诗完全就画境生发，"疏钟"写声，属合理想象，补画之不足，使画境更加完整。

金农《题西墙竹石图》：

> 去年新竹种西墙，今岁墙阴笋渐长。
> 一日生枝三日叶，秋来便已蔽斜阳。

画面是静止的，无法将竹子生长过程表现出来，题此诗，便令人感受到了动态美，体会到作者内心的欣喜。就诗本身而言，写得灵动活泼，富有生趣。金农另一幅《谷雨新篁图》也题此诗；小他145岁的蒲华作《潇洒出尘墨竹草书八条屏》，用此诗而未注明是金农作品，虽有不尊重原作者之嫌，也说明此诗之受人喜爱。

郑燮以画竹、题竹闻名于世，他的《题竹石图》云：

> 春风昨夜入山来，吹得芳兰处处开。
> 惟有竹为君子伴，更无他卉可同栽。

对照原画，画上绘兰、竹、石，题诗以兰、竹为主题，赞美它们有君子之德。从题诗内容和画面看，原定画名《竹石图》并不准确，应改为《兰竹图》。

郑燮画竹无数，正是因为他丰富的题画诗，使得诸多形貌相似的"此君"，具有不同的内涵。

演绎画境与点明画旨不同，可以只抓住画中有意趣的一点，而不需要全面概括。如唐寅《题清溪松荫图》：

> 长松百尺荫清溪，倒影波间势转低。
> 恰似春雷未惊蛰，髯龙头角暂蟠泥。

《清溪松荫图》绘高山苍松，以及临流而坐的人物，但他的题画诗只抓住斜出的苍松做文章。观赏此画，自然不会囿于题画诗所写内容。

3. 借画抒感

画家有所感而命题，或画成后别有感慨，都可以题画诗的方式抒感。如徐渭，题画诗常用"明珠"表达怀才不遇的郁闷。除本书赏析部分所举几首题画葡萄诗外，他还将石榴比作明珠，如这首《题画石榴》：

> 若用胭支染一堆，蛟潭锦蚌挂人眉。
> 山深秋老无人摘，自迸明珠打雀儿。

首句点出这是画中石榴；次句将石榴比作珠蚌，那么石榴籽就是明珠了。第三、四句说，没有人会到这深山里摘取石榴，石榴熟透后，里面像明珠一样的籽空自迸出，弹到鸟雀身上。命意同"笔底明珠无处卖，闲抛闲掷野藤中"，语极沉痛。

徐渭《题画蟹》则是有感于他人：

> 稻熟江村蟹正肥，双螯如戟挺青泥。
> 若教纸上翻身看，应见团团董卓脐。

前两句写画中蟹，一副张牙舞爪的凶狠样；后两句想象螃蟹仰面的丑态，寓"看你横行到几时"意，讽刺横行霸道、胡作非为的权贵们。画上的蟹，自然无法翻身，故用"若教"。

◎ 上图：明　徐渭　《画石榴》
◎ 下图：明　徐渭　《画蟹》

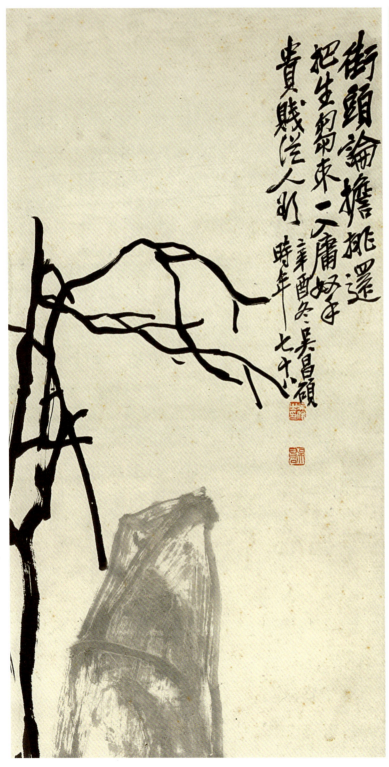

◎ 清　吴昌硕　《兰石立轴》

吴昌硕《题兰石立轴》：

> 街头论担挑，还把生刍束。
> 一入庸奴手，贵贱从人欲。

　　兰为君子，却被俗子整担挑到街上贱卖，吴昌硕当是有感于斯文扫地的社会现象而作此画题此诗。生刍束，典出《诗经·小雅·白驹》："生刍一束，其人如玉。"后世多以生刍喻指贤人。

　　前举例子都是自题。如果是他题，则可借他人酒杯，浇自己块垒。宋代蔡绦在《西清诗话》中说："画工之意初未必然，而诗人广大之，乃知作诗者，徒言其景不若尽其情，此题品之津梁也。"如王翚《云壑松涛图》，本人题款为："云壑松涛。癸丑中秋为东汇社先生写幼文意。王翚。"画上有笪重光和恽寿平题诗。笪题：

> 乌目峰头睨五侯，等闲墨戏过营丘。
> 人间作业钱多少，得似青山卖不休。

恽次韵：

> 高卧何须万户侯，人间别自有林丘。
> 岩边泉瀑流无尽，云里松涛听未休。

　　除了笪诗前两句是夸赞王翚画艺，其他都是二人借画景表达自己对归隐生活的向往。

4. 托画言志

刘熙载在《艺概》中说:"咏物隐然只是咏怀,盖个中有我也。"题画诗,尤其是题花鸟画的诗词,往往会托物言志。

如南宋遗民郑思肖《画菊》:

> 花开不并百花丛,独立疏篱趣未穷。
> 宁可枝头抱香死,何曾吹落北风中。

菊花在秋季绽放,避开了百花争艳的春天;到了生命的尽头,纵然枯萎却不坠落。全诗抓住菊花的特点,表达宁死不屈的精神,句句写菊,又句句写自己,令人肃然起敬。

方孝孺《画梅》:

> 微雪初消月半池,篱边遥见两三枝。
> 清香传得天心在,未许寻常草木知。

方孝孺笔下的梅花,特立独行,傲视流俗。从这首题画诗可以看出,他最终因坚持信仰而不惜杀身成仁,是必然的选择。

郑燮《题画兰》:

> 东风昨夜发灵芽,一片青葱一片花。
> 盆植盆栽殊可笑,青山是我外婆家。

郑板桥借山野兰花嘲笑种植在花盆中的同类,表达了不愿受世俗束缚的志向。欧阳修作《画眉鸟》(百啭千声任意移,山花红紫树高低。始知锁向金笼听,不及林间自在啼),龚自珍作《病梅馆记》,千年之间,同一感慨。

5. 以画说理

万物皆有理，画中物自然也能催生哲理诗。苏轼"春江水暖鸭先知"，就融入了诗人关于见微知著的哲理思考，可与"一叶落而知秋"相媲美。

又如明代学者陈献章《题画兰》：

阴崖百草枯，兰蕙多生意。

君子居险夷，乃与恒人异。

山崖的阴面，因为缺少光照，百草枯萎，而生长于此的兰蕙，却生机勃勃。兰蕙被喻为君子，它们对环境险恶与平顺的判断，与常人不同。诗人从画中兰草思考自然之理，从自然之理悟出处世之理。

郑燮《题竹》：

竹枝刷石傍山根，岁久年深石有痕。

千古文章无捷获，惟求问此且关门。

相较于岩石，竹枝是柔弱的，但经过多年的生长挤压，石头上留下了深深的印痕。郑板桥从中得到启示：要写好文章，没有捷径可走，也要像这枝竹子一样，努力向上、不断磨练，才能突破难关，进入更高的境界。

6. 就画谈艺

杜甫的广义题画诗，已经开探讨绘画技法和绘画规律之风，并留下"能事不受相促迫"等著名论断。这也成为历代题画诗的一大主题。

如赵孟頫《题苍林叠岫图》：

> 桑苎未成鸿渐隐，丹青聊作虎头痴。
>
> 久知图画非儿戏，到处云山是我师。

　　唐代张璪提出的"外师造化，中得心源"，被历代画家奉为圭臬。赵孟頫诗中说"到处云山是我师"，继承了"外师造化"理论，表达了他重视向自然美学习的美学观点。"茶圣"陆羽字鸿渐，自称桑苎翁，曾隐居苕溪。顾恺之小字虎头，《晋书·顾恺之传》载其有三绝：才绝、画绝、痴绝。这两句是说自己未能像陆羽那样隐居，聊以画画自遣。

　　倪瓒《题王叔明岩居高士图》：

> 临池学书王右军，澄怀观道宗少文。
>
> 王侯笔力能扛鼎，五百年中无此君。

　　王叔明，元代画家王蒙，字叔明。宗少文，南朝宋画家宗炳，"澄怀观道"用其自述语。王蒙于明初曾任泰安知州，故诗中称其为"王侯"。这首诗将王蒙比作王羲之和宗炳，给予极高的评价。

　　查士标《仿倪云林山水轴》：

> 亭子净无尘，松花落葛巾。
>
> 云林遗法在，仿佛见天真。

　　查士标山水初学倪云林，留下多幅仿云林笔意的山水画。这首诗自述其学习"云林遗法"的体会。

吴昌硕《题梅石立轴》：

> 廿年学画梅，颇具吃墨量。
>
> 醉来气益粗，吐向苔纸上。
>
> 浪贻观者笑，酒与花同酿。
>
> 法疑草圣传，气夺天池放。
>
> 能事不能名，无乃滋尤谤。
>
> 吾谓物有天，物物皆殊相。
>
> 吾谓笔有灵，笔笔皆殊状。
>
> 瘦蛟舞腕下，清气入五脏。
>
> 会当聚精神，一写梅花帐。
>
> 卧作名山游，烟云真供养。

这首诗记录了吴昌硕以草书法画梅的历程与感悟。"法疑草圣传，气夺天池放"，说明他是取法张旭和徐渭的。吴昌硕另有诗云"悟出草书藤一束，人间何处问张颠"，又曾作《草书遗意图》，题"为拟青藤笔意"，均可参读。

7. 画中论人

古人将人物画分为故实类、古像类、写真类，大致如今天的"连环画""标准照""生活照"。

古像类一般题写像赞，像赞多为四言，句数可以是四句、六句、八句。有代表性的如明嘉靖年间孙承恩编撰的《集古像赞》，又名《历代圣贤像赞》。全书收录自盘古、伏羲、神农、黄帝等传说人物，至历代名君贤臣，迄于元代虞集等贤哲，共206人，均绘半身像，每幅画像上题四言赞一首。如《苏文忠公像赞》：

◎ 清 吴昌硕 《梅石立轴》

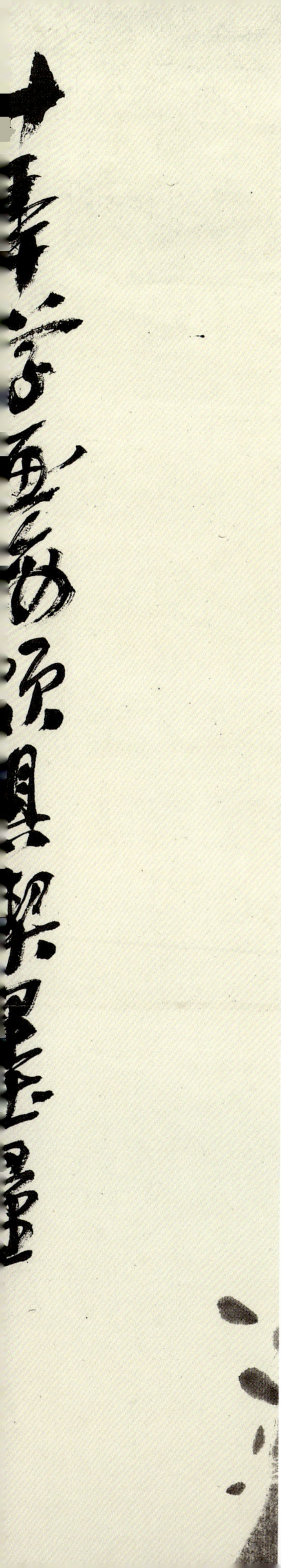

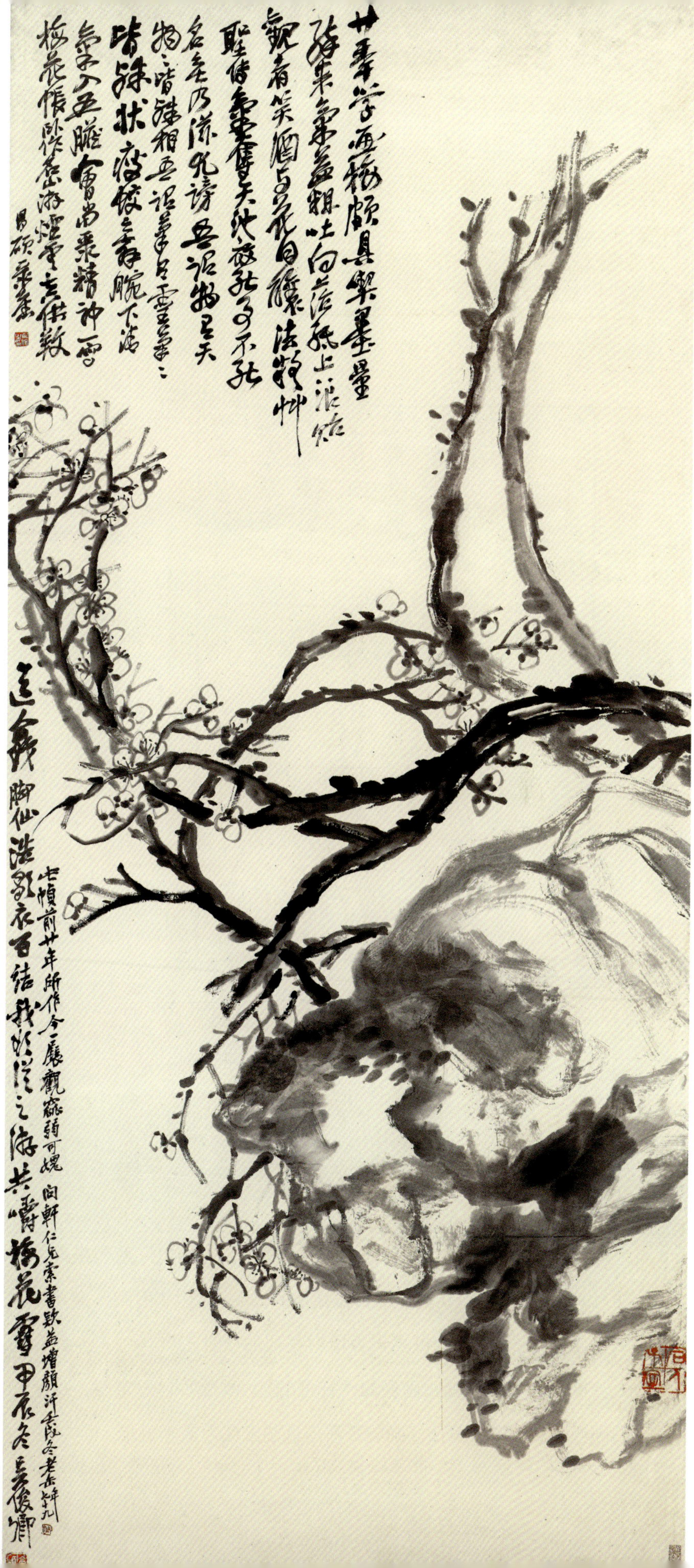

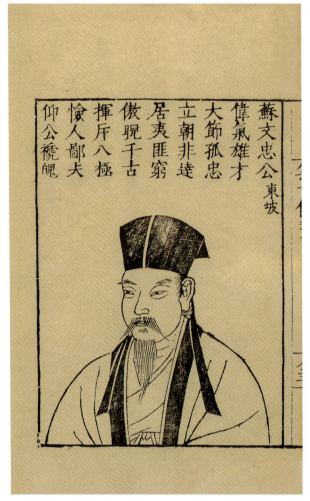

◎《苏文忠公像赞》

伟气雄才，大节孤忠。立朝非达，居夷匪穷。

傲睨千古，挥斥八极。憸人鄙夫，仰公褫魄。

　　赞辞为四言八句，双句押韵，四句换韵。"伟气"两句是对苏轼才能与人品的肯定，"立朝"两句概括他的人生遭遇，"傲睨"两句写其风采气度，"憸人"两句以小人畏威衬托他的一身正气。憸人，奸佞的小人。褫魄，夺去魂魄。画像如"标准照"，像赞如官方定评，这是标准的画像画法和像赞写法，画与赞都不以艺术性为追求目标。

文人画以写真类为主。同样是题苏东坡像，唐寅的《题东坡小像》就很有诗意：

> 乌台十卷青蝇案，炎海三千白发臣。
>
> 人尽不堪公转乐，满头明月脱纱巾。

乌台诗案、贬谪海南，是苏轼一生中的两个至暗时刻，唐寅拈此二事入诗，将他乐观旷达的一面展露无遗。《诗经·小雅》有《青蝇》篇，首章云："营营青蝇，止于樊。岂弟君子，无信谗言。"后世用为小人进谗言陷害君子的典故。炎海，泛指南海炎热的地区，此指海南。

又如贡师泰《题陶渊明小像》：

> 乌帽青鞋白鹿裘，山中甲子自春秋。
>
> 呼童检点门前柳，莫放飞花过石头。

全诗仅首句描写画中陶渊明的形象，重点放在他对新朝的态度上。据《宋书·陶潜传》载："所著文章，皆题其年月，义熙以前，则书晋氏年号；自永初以来，唯云甲子而已。"晋亡后，陶渊明纪年仅书甲子，不奉刘宋正朔。诗的后两句更以想象和夸张之辞，写出其不合作态度：陶渊明吩咐童仆管好门前的柳树，不要让柳絮飞到石头城（刘宋首都建康，今南京），因为那里已经不是晋朝的江山了。

8. 画外叙事

叙写画中人物、场景背后的故事，主要用于人物画中的故实类。如柯九思《题周文矩画太真攀鞍图》：

> 春风别院奏笙歌，妃子攀鞍转晓波。
>
> 不信开元太平日，香魂沦落马嵬坡。

诗从画中杨贵妃攀鞍这一细节入手，写出历史上惊心动魄的"马嵬事变"。

唐寅《题东坡先生笠屐图》，为我们讲述了苏东坡在海南的一则逸事：

> 东坡在儋耳，自喜无人识。
>
> 往来野人家，谈笑便终日。
>
> 一日忽遇雨，戴笠仍着屐。
>
> 逶迤还至家，妻儿笑满室。
>
> 欨哉古之人，光霁满胸臆。
>
> 图形寄瞻仰，万世谁可及。

画中苏东坡头戴雨笠，脚着木屐，虽无背景，见者知道是画他在儋耳戴笠的故事，题画诗也围绕这个故事展开。现存较早的记载，是南宋诗人周紫芝写的一首标题比正文还长的七律：《东坡老人居儋耳，尝独游城北，过溪，观闵客草舍，偶得一篛笠，戴归。妇女小儿皆笑，邑犬皆吠，吠所怪也。六月六日恶热如堕甑中，散发南轩，偶诵其语，忽大风自北来，骤雨弥刻》。诗的最后两句说"凭谁唤起王摩诘，画作东坡戴笠图"。传说苏东坡的好友、北宋画家李公麟曾画过《东坡笠屐图》，已佚。后世有不少画家画过这个题材，唐寅的这幅画及题画诗，尤为人所赞赏。

杨维桢《自题铁笛道人像》是他的自我写照：

> 道人炼铁如炼雪，丹铁火花飞列缺。
>
> 神焦鬼烂愁镆铘，精魂夜语吴钩血。
>
> 居然跃冶作龙吟，三尺笛成如竹截。
>
> 道人天声闶天窍，娲皇上天补天裂。

淮南张涯人中杰，爱画道人吹怒铁。

道人与笛同死生，直上方壶观日月。

　　杨维桢号铁崖，是元末诗坛领袖、书画家，《四库全书总目》称他"以横绝一世之才，乘其弊而力矫之，根柢于青莲（李白）、昌谷（李贺），纵横排奡，自辟町畦"。据《续书史会要》载，杨维桢"手持铁笛游江湖山水间，自著有《铁笛道人传》"。《元明事类钞》载，冶铁高手缑氏子在洞庭湖掘得古莫邪剑，熔铸成铁笛，赠送给杨维桢。杨维桢吹之，"皆应律，奇声绝人世"。为此他自号铁笛道人，并自绘《铁笛图》。另据他自己撰写的《跋君山吹笛图》，大痴道人（黄公望）曾与他扁舟出游，"道人出所制小铁笛，令余吹洞庭曲"，应该是黄公望另有铁笛。这幅《铁笛道人像》是友人所绘，杨维桢题诗。诗的前四句描述炼铁为笛的过程，堪称惊天地、泣鬼神。列缺，闪电。镆铘，又作"莫邪"，古代名剑。吴钩，春秋时期用青铜铸成的一种弯刀。莫邪、吴钩，都是充满传奇色彩的古兵器。"居然"两句，写制笛成功。跃冶，典出《庄子·大宗师》："今之大冶铸金，金踊跃曰：'我且必为镆铘。'大冶必以为不祥之金。"此指古剑急于冶炼成笛。"道人天声阗天窍，娲皇上天补天裂"，写铁笛炼成后，杨维桢吹笛的情景，笛声能合天窍，简直可比女娲补天。"淮南"两句，交代绘此画者为淮南人士张涯。最后两句归结到铁笛，表达了他对铁笛的极度喜爱。方壶，东海仙山。整首诗纵横奇诡，有李贺之风。

（二）题画诗的构思

立意和构思是题画诗创作中相互衔接、相互影响的两个环节。构思围绕立意选材布局，同时又可以为立意提供新的角度。下面着重就如何寻找切入点，列举几种方法，供有志者参考。

1.转写法

将绘画语言转写为诗歌语言，主要用于山水画，自题、他题皆可。

如王翚《题草堂碧泉图》：

> 雨过飞泉下碧湍，长松落翠草堂寒。
>
> 何人解识高人意，溪上青山独自看。

前两句写景，撷取画面上的飞泉、溪流、长松、草堂，营造出一种幽静的意境；后两句写人，用独自临溪观景的形象，展示出高人幽雅的襟怀。寥寥二十八字，完美地将画语转换为诗语。

唐寅《题函关雪霁图》：

> 函关雪霁旅人稠，轻载驴骡重载牛。
>
> 科斗店前山积铁，虾蟆陵下酒倾油。

《函关雪霁图》远景为崇山峻岭、悬崖峭壁，中景绘楼阁屋舍，近景左下方牛车驴队络绎相接于道路。唐寅将画中景致囊括于诗内。

◎ 明　唐寅　《函关雪霁图》

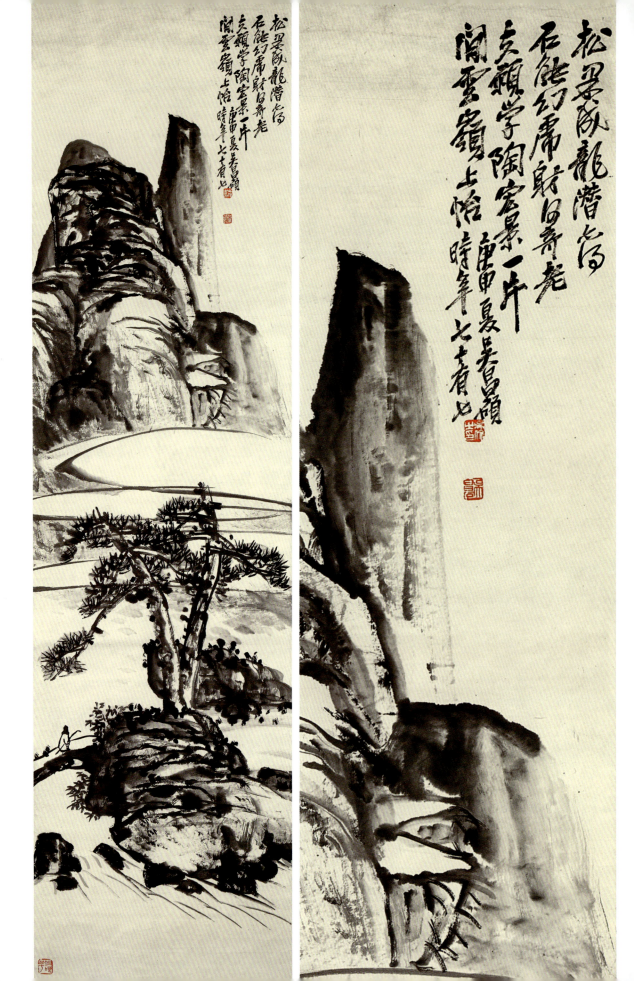

清代诗人王文治《题画》：

> 又是春禽浴水时，阴阴一片绿杨丝。
>
> 方塘清涨无人过，唯有红薇露亚枝。

春禽、绿杨、方塘、红薇，全诗都围绕画上所绘之物展开，相当于对"画语"作一次全面的转写。但是用"无人过"虚写一笔，又以"唯有"衔接，便不觉景物堆砌。

画是静止的，是"无声诗"，题画诗在转写时，可以补其不足，写出画面所无法直接显示的动作与声音。如恽寿平《模刘寀落花戏鱼图》：

> 风微不动蒴，红雨洒花津。
>
> 跳波鱼出藻，搅碎一池春。

全诗二十字，却使用了多个动词，充满动感。

2.用典法

从所绘之物的典故切入。这也是常用方法。

如吴昌硕《题松岭闲云图》：

> 松果成龙潜亦得，石能幻虎射何奇。
>
> 老夫愿学陶宏景，一片闲云岭上怡。

《松岭闲云图》绘松、石、云。王维《春日与裴迪过新昌里访吕逸人不遇》诗有"种松皆老作龙鳞"，后人常以龙喻松。而龙又有潜龙、飞龙（见《周易》），画中松在下方，正合潜龙之象。石头的典故，比较有名的是《史记》所载李广射虎："广出猎，见草中石，以为虎而射之，中石没镞，视之石也。"白云的常用典故，有陶弘景《诏问山中何所有

© 清　吴昌硕　《松岭闲云图》

赋诗以答》：“山中何所有，岭上多白云。只可自怡悦，不堪持寄君。”
得此三典故，足以加工成一首诗了。

竹子的典故很多。吴昌硕《题急风劲竹图》，诗中未出现“竹”字，
但句句用竹子的典故：

> 不可一日无，有客爱成癖。
>
> 翠袖翩然来，薄暮倚寒碧。

《世说新语·任诞》载王子猷爱竹成癖，有“何可一日无此君”语。
杜甫《佳人》有“天寒翠袖薄，日暮倚修竹”句。全诗可谓以典故筑
成，却无堆垛晦涩之病。

3.联想法

从所绘之物联想与其形状、特性等相似之物。

吴昌硕绘红梅，形似珊瑚，他多次以此联想入诗。如题1921年3月
画的《红梅立轴》：

> 铁如意击珊瑚毁，东风吹作梅花蕊。
>
> 艳福茅檐共谁享，匹以般敦尊罍簋。
>
> 苦铁道人梅知己，对华写照是长技。
>
> 霞高势逐蛟虬舞，本大力驱山石徙。
>
> 昨蹋青楼饮眇倡，窃得燕支尽调水。
>
> 燕支水酿江南春，那容堂上枫生根。

“铁如意击珊瑚毁”，用《世说新语·汰侈》中石崇与王恺争豪，
用铁如意击碎珊瑚树的故事。同月画另一幅《红梅立轴》，又以此联想
入诗：

© 清 吴昌硕 《红梅立轴》

梅花铁骨红，旧时种此树。艳击珊瑚碎，高倚夕阳处。

百匝绕不厌，园涉颇成趣。太息饥驱人，揖尔出门去。

又如徐渭《风鸢图》（二十五首其一）：

柳条搓线絮搓绵，搓够千寻放纸鸢。

消得春风多少力，带将儿辈上青天。

诗人以纸鸢（风筝）飞上青天，联想到平步青云的得志小人，故写入诗中，出语讥刺。

郑燮《题竹石图》：

扬州鲜笋趁鲥鱼，烂煮东风三月初。

为语厨人休斫尽，清光留此照摊书。

由竹笋联想到同时令的美味鲥鱼，担心厨人斫尽竹笋而致"居无竹"。

至于一些已形成固定内涵的意象，予人以自然的联想，如因兰蕙而及君子，因松柏而及贞士，因秋菊而及隐逸，因牡丹而及富贵……这些联想类似于用典，兹不赘举。

4.切换法

明代诗评家陆时雍评杜甫《韦讽录事宅观曹将军霸画马图歌》时说："咏画者多咏真，咏真易而咏画难。画中见真，真中带画，尤难。"（见《杜诗详注》卷十三）所谓"画中见真，真中带画"，就是要在"画"与"所画"之间切换。杜甫已为此垂示轨范，如他的《画鹰》：

"素练风霜起，苍鹰画作殊。攫身思狡兔，侧目似愁胡。绦旋光堪摘，轩楹势可呼。何当击凡鸟，毛血洒平芜。"前两句"素练""画作"，表明这是画中鹰；后六句则切换到现实，把鹰写得栩栩如生，充满动感。

这种画里画外切换法，为历代题画诗作者所常用。如黄庭坚《题郑防画夹五首》（其一）：

> 惠崇烟雨归雁，坐我潇湘洞庭。
> 欲唤扁舟归去，故人言是丹青。

作者观赏郑防所绘《烟雨归雁图》（画夹，犹言册页），恍然置身潇湘洞庭，想要乘坐小舟归去，这时朋友提醒说，这是画，不是现实。这自然是一种夸张的修辞手法。

董其昌《兰》：

> 绿叶青葱傍石栽，孤根不与众花开。
> 酒阑展卷山窗下，习习香从纸上来。

前两句写兰高洁自爱，不与众花为伍，似写真兰；后两句点明这是画中之兰，但又觉有香气来自纸上，是假如真，似真还假。

李日华《题画》：

> 霜落蒹葭水国寒，浪花云影上渔竿。
> 画成未拟将人去，茶熟香温且自看。

前两句写画中秋景，后两句说画成后不想赠予他人，留着自己欣赏。

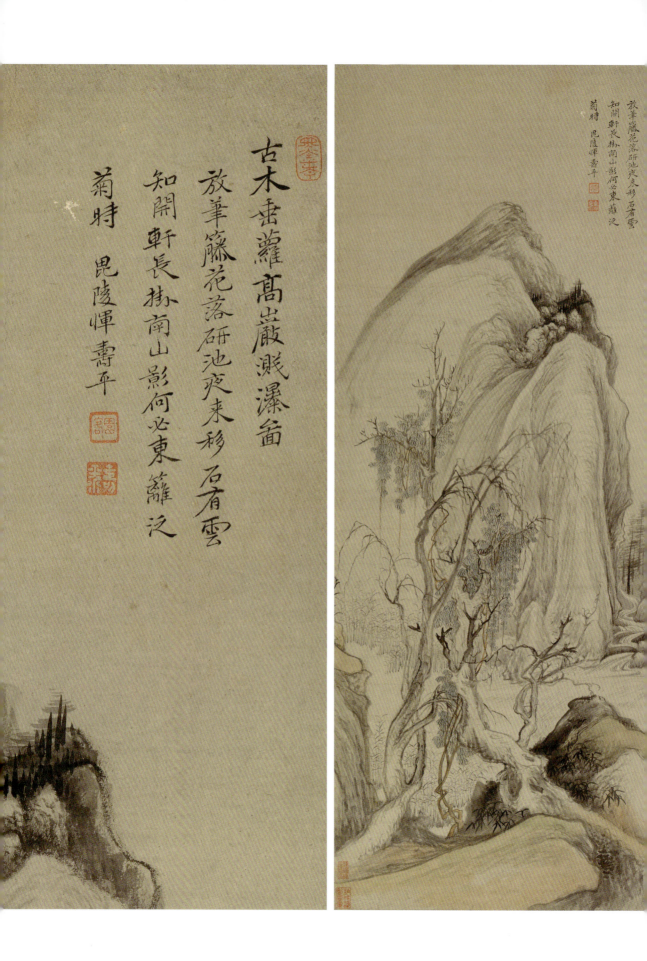

古木垂蘿高巌濺瀑畱
放筆籬花落研池爽來秽石有雲
知開軒長掛南山影何必東籬泛
菊時　毘陵惲壽平

放筆籬花落研池爽來秽石有雲
知開軒長掛南山影何必東籬泛
菊時　毘陵惲壽平

恽寿平《题古木垂萝高岩浅瀑图》：

> 放笔藤花落研池，夜来移石有云知。
>
> 开轩长挂南山影，何必东篱泛菊时。

首句写放笔作画，后三句"入画"。

奚冈《题画绝句》：

> 闲将散笔写倪迂，树色岚光淡欲无。
>
> 心似孤蓬随去住，一窗寒雨梦江湖。

首句点明这是仿倪瓒的画，次句写所画景色与风格，已从画中向现实切换。后两句直以画中为现实。

吴莘之《题螃蟹图》：

> 芦白螯肥最好时，画来不足复题诗。
>
> 分明公子无肠物，每到持杯总系思。

首句写画中芦花与螃蟹；次句则切换到现实，讲自己画完后意犹未尽，又题写此诗。后二句将"无肠公子"和"持螯把酒"两个螃蟹典故组合使用，尤具巧思。

5.衬托法

欲咏画中此物，拉出彼物作衬托。如刘基《题画梅》：

> 夭桃能紫杏能红，满面尘埃怯晚风。
>
> 争似罗浮山涧底，一枝清冷月明中。

© 清 恽寿平 《古木垂萝高岩浅瀑图》

作者要赞美画中的梅花，却先写桃花和杏花，把它们写得很不堪：它们虽然能紫能红，但是满脸都是俗世的尘埃，羞怯地在晚风中飘摇。然后才请出主角：在罗浮山的洞底，在清冷的月光下，一枝梅花遗世独立，是多么的高洁脱俗。这哪是桃花杏花可以比拟的呢？

郑燮《题兰竹图》：

> 四时花草最无穷，时到芳芳过便空。
> 唯有山中兰与竹，经春历夏又秋冬。

这首诗和刘基《题画梅》同一机杼，用仅有短暂芬芳的花草，衬托四季不改节操的芳兰与绿竹。

吴昌硕《题岁晚缀红图》：

> 岁晚园林雪霁时，火珠红缀绿葳蕤。
> 如何竹实形相似，不疗丹山凤鸟饥。

这首诗是以画外物调侃画中物。画上似为南天竹，在葳蕤绿叶上缀满鲜红的果实，是寂寞冬天里的一抹亮色。不过，它形状和竹实相似，却不能作为凤凰的食物。火珠，即火齐珠，玄奘《大唐西域记》中提到的一种宝物。竹实，竹子的果实。《庄子·秋水》里说，"凤凰非梧桐不栖，非竹实不食，非醴泉不饮"。丹山，丹穴之山，《山海经·南山经》记载凤凰栖息的地方。

6.应景法

从作画的环境、工具等入手。如石涛《题山水花卉册》：

> 群芳争吐笔端新，百草千花二月春。
> 墨染幽香埋古雪，澄心堂纸醉传神。

◎ 清　石涛　《山水花卉册》

诗后有跋语："清湘大涤子醉后既得此纸，入手必须得罪此君为快。时乙卯二月大涤堂下。"从诗后跋可知，石涛得澄心堂纸而作此画，故以之入诗。

李鱓《题石榴秋葵图》：

> 黄秀红围错杂栽，也须榴火照花开。
> 即令腊雪僧窗冷，犹有薰风腕下来。

诗后有跋语："乾隆十九年岁在甲戌嘉平月写，复堂懊道人李鱓。"据跋语，此画作于嘉平月，即农历十二月，而画中石榴果熟、秋葵花开，是夏季情景。李鱓即以此为切入点，别有谐趣。

7.因人法

从受画者（自题）或绘画者（他题）入手。如倪瓒《题郑所南兰》：

> 秋风兰蕙化为茅，南国凄凉气已消。
> 只有所南心不改，泪泉和墨写离骚。

郑所南即宋末画家郑思肖，原名之因，宋亡后改名思肖，取宋朝国姓"赵"的偏旁；字忆翁，示不忘故国；号所南，日常坐卧向南背北。画兰不画土，因为"土为番人所夺"。倪瓒的这首题画诗，不去描写画上兰花的形态与作画技法，而是从绘画者郑思肖的亡国之痛入手。"秋风"句，典出屈原《离骚》："兰芷变而不芳兮，荃蕙化而为茅。"

倪瓒《题溪山图》：

> 荆溪周隐士，邀我画溪山。
> 流水初无竟，归云意自闲。

风花春烂熳，雨藓石斓班。

书画终为友，轻舟数往还。

首联周隐士邀他作画写起，中二联写画上意境，尾联又归结到与周隐士的友谊。

李流芳《题与宋比玉合作山水》：

君画苍苍带雨松，我图冉冉出云峰。

他时相忆还开看，云树平添几万重。

此诗记录二人合作画山水之事。"云树"，用杜甫"渭北春天树，江东日暮云"典故，表达二人友情之深厚。

李日华《题沈翠水画》：

醉翁酣墨如酣酒，白云乱负青山走。

林泉气岸倾王侯，子久胸襟叔明手。

除第二句写画上景观外，其余都写画家沈翠水其人。气岸，意气。李白《流夜郎赠辛判官》："气岸遥凌豪士前，风流肯落他人后。"第四句使用互文的修辞手法，指沈翠水具有黄公望、王蒙的胸襟和画技。

8.自述法

从自身经历、感受入手。如沈周《题杏花图》（卧游小册之一）：

老眼于今已敛华，风流全与少年差。

看书一向模糊去，岂有心情及杏花。

全诗都写自己年老眼花，不复少年风流，看书视力模糊，虽然画的是杏花，但已没有心情欣赏了。

恽寿平《画芋》：

> 还忆山堂夜卧时，寒灯呼友坐吟诗。
> 地炉松火同煨芋，自起推窗看雪时。

此诗回忆自己与友人雪夜煨芋吟诗的往事，既照应画面，更写出美好的回忆。

居巢《题双鱼图》：

> 借得幽居养性灵，静中物态逼孤吟。
> 匠心苦累微髭断，刚博游鱼出水听。

前三句都在写幽居觅诗的情形，最后一句才落笔到画上游鱼。居巢工诗词，著有《今夕庵诗集》《昔耶诗集》《烟语词》。唐代诗人卢延让《苦吟》诗云："吟安一个字，捻断数茎须。"居巢这首题画诗，是他日常苦吟的写照，末句写游鱼出水听，不仅绾合画面，也表达他对自己诗作的得意之情。

齐白石《为人题芙蓉图》：

> 芙蓉花发咏新诗，故国清平忆旧时。
> 今日见君三尺画，此心难舍百梅祠。

诗后跋语云："百梅祠在湘潭南行百里，莲花峰下，予曾借居七年，亲手栽芙蓉花树甚茂。"见友人的画作，回忆旧事，遂以之入诗。

9.论艺法

从绘画艺术手法等入手。如陶宗仪《题画墨梅》：

> 明月孤山处士家，湖光寒浸玉横斜。
> 似将篆籀纵横笔，铁线圈成个个花。

前两句用林和靖孤山植梅典故，写出画中梅花的逸致。后两句转入对画法的评论，说朵朵梅花像是用书篆籀法写成，揭示了书画相通的艺术规律。

郑燮《题芝兰图》：

> 山多兰草却无芝，何处寻来问画师。
> 总要向君心上觅，自家培养自家知。

历代绘画，画兰多而画芝少。此诗借画芝强调"外师造化，中得心源"的重要性。

郑燮《题画兰竹》：

> 日日临池把墨研，何曾粉黛去争妍。
> 要知画法通书法，兰竹如同草隶然。

此诗从自己画兰竹的心得体会入手，可与前引赵孟頫诗"石如飞白木如籀，写竹还应八法通"参读。

李日华《题扇头米山》：

> 沙水弄夕晖，人家在烟翠。
> 每于江渚行，悟得米三昧。

　　"米家山"创作技法是从自然山水中悟得，学习者欣赏自然山水，可以领悟"米家山"创作的个中三昧。

　　以上所举诸法，未必能复盘作诗者的构思过程，只是希望通过分析诗歌作品的选材角度，让学诗者拓宽思路，不至于对卷茫然，无从措手。

（三）题画诗的体裁

理论上讲，任何诗词体裁，都可用于题画诗创作。但狭义题画诗毕竟是缘画而作、题于画上，不能不受画面内容、风格以及空间的限制。

袁枚在《随园诗话》卷十四中有一则关于题画诗体裁的记载："某画《折兰小照》，求题七古。余晓之曰：'兰为幽静之花，七古乃沉雄之作；考钟鼓以享幽人，与题不称。'"确实，在兰花小幅上题写七言古诗，就像跑到隐逸之地撞钟击鼓，可谓唐突高人，大煞风景。举一隅以三隅反，袁枚的这段话提醒我们要注意体裁与画境的关系。

就体裁自带风格而言，七言绝句无疑是适应性最强的一种体裁。它可以韶秀雅正，宜名山大川；可以雄浑高旷，宜塞外风光；可以婉转流丽，宜江南小景；可以俚俗风趣，宜白菜时蔬。历代擅长题画诗的画家，如王冕、唐寅、徐渭、郑燮、金农、吴昌硕，画风、诗风各不相同，但七绝在他们的题画诗中都占相当高的比例，且都有名篇传世。

从题画诗所用空间来看，绝句比较灵巧机动，便于安排。如果画面空间较大，可以用组诗的形式，或加上题跋，可长可短，伸缩自如。

从当今题画诗创作与鉴赏的整体状况来看，七绝、五绝这两种体裁，初学者较易上手，阅读者也较多。

鉴于以上几个因素，本书着重与读者分享七绝和五绝创作的一些体会，兼及律诗；至于古风，作法无一定之规，当今用作题画诗者亦少，词曲则另有门径，限于篇幅，均略而不论。徐渭在《作诗三法序》中说："诗有三法，章、句、字也。"这也是历代诗论家的共识。句法即炼句，字法即炼字，具有共性；章法则不同体裁之间差异很大。本书着重探讨五七言绝句及律诗的章法。

针对近体格律诗的章法，元代范德玑总结出"起承转合"四字：

"起要平直，承要舂容，转要变化，合要渊永。"（《诗格》）起承转合法在格律诗创作中确实带有规律性，但不同的体裁在适用上有所区别。

七言绝句最适合使用起承转合法。试以王之涣七绝名篇《凉州词》为例："黄河远上白云间"是起，写所见之景；"一片孤城万仞山"是承，接第一句，继续写景，为下文蓄势；"羌笛何须怨杨柳"是转，异峰突起，引人注目；"春风不度玉门关"是合，解释上句，点明主旨。

题画七绝，也大多不离此法。如唐寅《题雪山行旅图》：

寒雪朝来战朔风，万山开遍玉芙蓉。

酒深尚觉冰生脚，何事溪桥有客踪？

起句写早晨朔风呼啸，大雪纷飞；次句紧承上句，写大雪飘落，像群山开遍白色的芙蓉花。这两句已将雪景写尽，故第三句须转写其他：作者饮酒御寒，多杯下肚，仍然未能暖遍全身，一双脚还是冰冷的。第四句归结到画面主题"行旅"：如此寒冷的天气，为什么还有客人在溪桥上行走？这个问题，作者是明知故问，他和读者都知道答案，那就是外出谋生的艰辛。

再举一个花鸟画题画诗的例子。郑燮《题山顶妙香图》：

身在千山顶上头，突岩深缝妙香稠。

非无脚下浮云闹，来不相知去不留。

图绘山顶上的兰草，故起句写其所处位置之高。次句承上句，给兰草一个特写镜头：生长于突岩深缝之间，散发出阵阵芳香。这两句已完成了对兰草形象的描绘。第三句转写下方的浮云，舒卷腾挪，好不热闹；第四句以兰草不与浮云相往还收束全篇，点出主题，即对兰草高洁品格的赞美。

这两首题画七绝还给我们一个启示：题画诗不要停留于描摹景色物态，要善于归纳和提炼。当然七绝也可以景作结，如李日华《与沈翠水论绘事因题所画便面》：

> 烟沙漠漠夕阳余，野树酣霜水溜渠。
> 何处秋光闲入梦，琵琶亭子对匡庐。

前两句写画上的秋景：夕阳照射下，云雾迷蒙；野树经霜如醉，秋水在河渠中流淌。第四句写的也是画中之物：琵琶亭正对着庐山。三句均为实景，故第三句需虚写，方不致窒塞。

律诗也可用起承转合法，但全诗八句，不能如七绝那么平均分配，故往往将中二联视为"展"。如倪瓒《题画赠王仲和》：

> 曾住南湖宅，于今已十年。
> 丛筱还自翳，乔木故依然。
> 雨杂鸣渠溜，云连煮术烟。
> 何时重相过，烂醉得佳眠。

作者自注云："南湖陆玄素高士幽居，今王君仲和居之。水木清华，户庭幽邃。余尝寓其家四年，翛然忘世虑也。仲和以此帧索画竹石，画已并诗其上，以写惓惓之怀。玄素，仲和外舅也，故尤感余故人之思。"这首五律使用的是起承转合法。"曾住南湖宅"是起。虽然画面仅绘竹石，未画屋舍，但由于受画人的关系，令作者回忆起曾在陆氏幽居借住，所以以此发端。"于今已十年"是承，补充上句句意。中间二联"丛筱还自翳，乔木故依然。雨杂鸣渠溜，云连煮术烟"是"展"，展开描写旧居景色。"何时重相过"是转，从远方转到眼前，表达重访旧居的愿望。"烂醉得佳眠"是结，想象重访时的情景。律诗还有别的章法，此不赘述，多读杜诗自能参悟。

五言绝句仅四句二十个字，容量小，不易展开，所以使用不如七言绝句广泛。针对其篇幅短小的特点，可用"聚焦法"和"收纳法"。

聚焦法，指删繁就简，聚焦于一种情况、一点感想、一个观点。"一气流注，自成首尾"（《杜诗详注》卷十三）。典型的如王维《杂诗》："君自故乡来，应知故乡事。来日绮窗前，寒梅着花未。"一首诗就是记录了作者的一句话。贾鸟《寻隐者不遇》："松下问童子，言师采药去。只在此山中，云深不知处。"全诗仅采问答语。题画诗中，如华嵒《自题山水册》：

> 枫岩荡幽岚，影落秋潭碧。
>
> 潭里宿渔家，炊烟袅虚白。

题诗聚焦于秋潭，于画面上的树木山石不着一笔。二、三句用"潭"字绾结，更显紧凑。

又如郑燮《竹》：

> 一节复一节，千枝攒万叶。
>
> 我自不开花，免撩蜂与蝶。

聚焦于竹子不开花这一特点，无冗词赘字，简洁生动。

收纳法，指使用对仗句，就如同小房间使用了收纳箱一样，显得整洁紧凑。常用的为前两句用对仗，后两句用散句，即《杜诗详注》中说的"对起散结"者，如李白《独坐敬亭山》："众鸟高飞尽，孤云独去闲。相看两不厌，只有敬亭山。"柳宗元《江雪》："千山鸟飞绝，万径人踪灭。孤舟蓑笠翁，独钓寒江雪。"也可以"散起对结"，即前两句用散句，后两句用对句。如骆宾王《易水送别》："此地别燕丹，壮士发冲冠。昔时人已没，今日水犹寒。"孟浩然《宿建德江》："移舟泊烟渚，日暮客愁新。野旷天低树，江清月近人。"这两种写法，既紧凑又不致呆板。当然也有四句全用对仗的，名篇如王之涣《登鹳雀楼》："白日依山尽，黄河入海流。欲穷千里目，更上一层楼。"杜甫《绝句》："迟日江山丽，春风花草香。泥融飞燕子，沙暖睡鸳鸯。"这种写法要慎用，因为容易呆板，"不见首尾呼应之妙"。

历代题画诗作者中，恽寿平擅用此法，如题《艳菊图扇面》：

明霞看绛树，艳雪想琼台。

霜夜吟诗处，残灯酒一杯。

画上绘红、白二色菊花，颜色的对称恰似为对仗张本。故作者很自然地把红菊想象成明霞、把白菊想象成艳雪，又各自配上绛树与琼台，一副工对就脱口而出了。

恽寿平有多首五绝用此法，再举几首，供读者寻味：《题圃花晓露扇面》："圃花闲更好，露甲晓逾青。长教无菜色，原不羡侯鲭。"《题风林晚鸦图》："乌鹊将栖处，溪烟欲上时。秋声何处起，风在最高枝。"《题苕华写生册》之五："墨雨洒金壶，香风动瑶圃。吹箫明月夜，一队霓裳舞。"《题出水芙蓉》："冲泥抽柄曲，贴水铸钱肥。西风吹不入，长护美人衣。"

另举其他作者的例子。赵孟𫖯《题李仲宾野竹图》："偃蹇高人意，萧疏旷士风。无心上霄汉，混迹向蒿蓬。"唐寅《题浔阳八景图之四》："萧寺空山晚，危桥古涧秋。怆惶行簇簇，何处店堪投。"李日华《题画》："桥危藤络石，江迥树生秋。目断蒹葭外，伊人未可求。"黄景仁《杂题郑素亭画册二首》其二："倦掩窗前卷，闲挥膝上桐。斜阳留几许，雁背不成红。"

大凡写诗，不论什么体裁，都需要"四有"：一是"有意"，明确表

蕭寺空山曉危橋古澗
秋愴惶行簇簇何慮
店堪投唐寅

© 明　唐寅《溮阳八景图之四》

达内容；二是"有法"，符合基本规则；三是"有感"，掌握基本语感；四是"有料"，积累足够词汇。其中"有感"是关键，只有养成准确的语感，才能领悟到前人佳作的妙处，也才能明了自己的努力方向和进步空间。否则，就如同遮目塞耳而行，用力愈勤，入歧途愈远。

题画诗具有交际功能，要注意受画者的身份及双方关系。况周颐在《蕙风词话》中提醒道："凡题咏之作，遣词当有分寸。譬如题某女士所画牡丹，某女士系守贞不字者，词中说牡丹之句，必须案切女士身份，不可稍涉轻佻。"这也是题画诗创作中需要特别注意的。

题画诗无一定之规，可以突破诗词创作的常规。

有时仅用两句。如华喦擅诗，句多奇拔，但他有些画作上仅题两句，不必成篇而意已足。如《蔷薇山鸟图》，自题"花气晴熏日，鸟声娇战春"；《梅花黄鸟图》，自题"隔座传春意，穿梅送晓声"；《和枝白凤》，自题"瑶崖便有千寻树，灵鸟飞来占好枝"；《锦鸡竹菊图》，自题"风拂游翎舒锦绣，竹翻逸影冒寒芳"，均极雅切。李鱓《富贵消息图》，自题"欲知富贵真消息，先问荷包有也无"，诙谐中寓感慨。以他的诗才，敷衍成篇并非难事，但写成一首完整的七绝甚至七律，也许人家记住的也就这两句，那又何必多费笔墨。这是题画的讨巧之处。

题画也可诗文掺杂。如李鱓《时新佳品》，画麦穗、桑叶、樱桃、玫瑰，自题云："麦黄蚕老樱桃熟，正是黄梅四月时。更添玫瑰一枝，亦时新佳品也。"两句诗写画中三物，而后以文补玫瑰，出人意表，但并无违和感，饶有趣味。

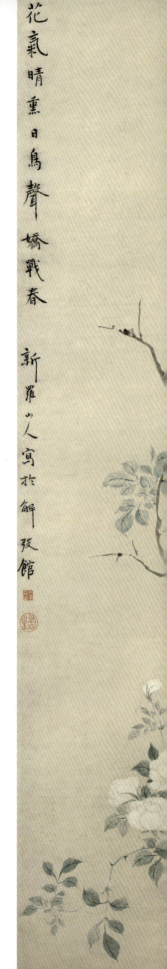

◎ 左图：清　华喦　《蔷薇山鸟图》
◎ 右图：清　华喦　《锦鸡竹菊图》

（四）题画诗的书写

作为一种艺术形式，题画诗题写在画上，才算是创作过程的完成。因而题画诗的书写，也是一个不可忽视的重要环节。分析前人画作和画论，题画诗的书写，要重点关注布局、字体以及其他一些讲究与避忌。

1.布局

清代画家孔衍栻在《石村画诀》中提出："画上题款各有定位，非可冒昧，盖补画之空处也。如左有高山右边空虚，款即在右。右边亦然，不可侵画位。"明代画家李日华辑其题画之作为《竹懒画滕》，《四库全书总目提要》解释说："谓之滕者，作画而附以诗文，如送女而滕以娣侄也。"

"画滕""补空""不可侵画位"，强调了题画诗的附属地位。这是题画诗和画作之间关系的主流。

在题画诗的探索阶段，诗均题写于画面的空白处，一句一行，变化不多。如宋徽宗《芙蓉锦鸡图》《听琴图》《文会图》等。

随着题画诗发展成熟，诗题也渐脱拘谨之态，有机地融入画面；其位置则依不同画类及画家个人风格，呈现多种形态。大致而言，山水画题诗多利用画面上方，花鸟画题诗则多利用左右两侧，这是和所画内容特点密切相关的。

山水画题诗，如文徵明《溪桥策杖图》，在画面左上方空白处题七绝一首，与画面右边的山石古木相呼应，起到视觉上的平衡效果。诗曰："短策轻衫烂漫游，暮春时节水西头。日长深树青帏合，雨过遥山碧玉浮。"

花鸟画题诗，如吴昌硕《荣华富贵图》，题诗于画幅左侧，几乎纵贯天地。诗曰："仿得吴中沈石田，生华斐铧露华鲜。十分喜色今朝见，人镜天香共月圆。"

◎ 宋　赵佶　《芙蓉锦鸡图》

© 明　文徵明　《溪桥策杖图》

　　王冕、唐寅、徐渭、金农、郑燮、吴昌硕等画家，不仅擅长题画诗，在题写方式上也形成自己的鲜明特色，极具辨识度。他们往往为题画诗预留位置，纳入绘画创作的整体构思当中。如王冕《照水古梅图》，题诗于画左侧梅枝弧内，如揽珠玉；右上角以小楷题《梅先生传》千余字，梅枝遇文字处消隐不见，很可能是先题写诗文再着手画梅，总之在布局上事先有成熟的构思。

　　王冕开题画诗与画篇幅并重之先河，此后画家也多有尝试。如徐渭《莲舟观音图》，画下方绘观音半身像，占据画面主要位置的竟是大字草书四言诗："幻有知花，涉无尽波。一刹那间，坐见波罗。"

　　有些画家打破"不侵画位"的禁忌，将题画诗融入画面。如郑燮《题仿文同竹石图》，书写于石上；《题墨竹图》，书写于竹竿间，诗、画视觉上融为一体，打破写形常规。另外，任伯年《酸寒尉像》、吴昌硕《菊石立轴》等，也都是诗画篇幅并重的名作。

　　方薰《山静居画论》谓："一图必有一款处，题是其处则称，题非其处则不称。画固有由题而妙，亦有由题而败者。"可见前人对于题画诗书写位置的重视。

2.字体

书法字体如同题画诗体裁一样，要与画相称。吴茀之先生在《中国画理概论·款题》中，对历代经典题画诗的书写作了精要的评述，兹摘录于下：

> 赵文敏题句清远，添笔立就。倪云林书法遒逸，或诗尾用跋，或跋后系诗。文衡山、唐六如行款清洁。沈石田题写洒落，每侵画位，翻多奇趣，青藤、白阳辈效之。石涛质慧功深，题识尤觉超妙。晚近惟吴缶翁每画必加题跋，或一画数题，多至数百字，殊觉雄健古茂，附丽成观。诚以缶翁诗书画金石并皆佳妙，书画皆有金石气，以书法作画，画法作书，自然浑成一气，妙夺古人也。

吴茀之先生的这段话，兼题画诗的内容、布局、字体而言之。他极力称赞吴昌硕先生"以书法作画，画法作书"，达到"浑成一气"的境界，对于题画诗字体及风格的选择，不啻度人金针。

关于字体选择和应用，吴茀之先生还给出了具体指导，如"篆隶贵得金石气，真书须免板滞，行草不可过于怪僻。行款时总以提笔直书，随浓随淡，一气呵成为佳"，"大约山水画及工笔画题字宜小而严整，题写意画，可略大而奔放，盖如是，始能书画相称，映带成趣也"。下面就从历代画作中，选取若干代表作品，作为吴茀之先生这段话的注脚。

唐寅《高山奇树轴》，在画幅左上方题七绝一首："高山奇树似城南，兀坐联诗兴不厌。一自孟韩归去后，谁人敢把兔毫拈。"题字可谓"小而严整"，与清雅俊秀的画面风格十分协调。

◎清 吴昌硕 《菊石立轴》

◎ 明　唐寅　《高山奇树轴》

徐渭探索以草书入画，他这幅著名的《葡萄图》上的题诗，草书配上大写意，可称"大而奔放"："半生落魄已成翁，独立书斋啸晚风。笔底明珠无处卖，闲抛闲掷野藤中。"

吴昌硕《凤仙图》，在右上方题七绝一首："小凤招要下碧城，仙乎幻作此花身。草堂近日饶秋思，细碎闲花为写真。"可窥见其"书画皆有金石气"之一斑。

3.其他宜忌

除了布局和字体的考虑外，题画诗的书写还有一些讲究与避忌。

◎ 清　吴昌硕《凤仙图》

一是落款。吴茀之先生说，自撰自书题画诗，可以落"并题"或"题"。如果系引用古人诗句，应予注明，且只能在本人名下缀以"并题字"或"题字"。这是对著作者的尊重。书今人诗句，也当照此办理。

二是"齐头不齐脚"。此说始见于清代邹一桂《小山画谱》。吴茀之先生《中国画理概论·款题》："题字本位之款式，如字有数行，则每行上端，皆须平头，下端即不整齐亦可。"如吴昌硕《水仙灵石立轴》题诗。

三是对错漏字的处理。题诗中如不慎有漏字或错字，不可涂改，也不宜在旁边添补，应该在款尾注明。吴茀之先生说"此皆古人所用成法，不可废也"。

一幅完整的中国画作品，还需盖上印章。钤印另有讲究，因本书主题为题画诗，与钤印无直接关系，故不涉及。

最后，与大家分享清代画家萧晨《杨柳牧归图》上的题诗，作为本书的尾声。萧晨字灵曦，号中素，江苏扬州人，生于顺治十五年（1658），卒年不详。萧晨在画史上并不是特别有名，他这幅画上有多人题诗，可以作为了解古代文人画家日常交流情况的一个标本。

《杨柳牧归图》绘溪边老树（除萧晨本人外，其他人题诗多称其为杨柳，当是旱柳），一人戴笠披蓑，驱牛过溪桥，远处云山隐现，是江南春景。

画上有七人题诗八首，其中三人三首题在画心内，四人五首题在诗堂上。从诗的内容及题跋看，题写的大致次序为：

萧晨题五绝一首于画面左上方：

结庐次江干，江田多树秋。

秋来读楚骚，痛饮无虚日。

诗后跋语："图奉恒石先生大教并题博正。兰陵后学萧晨。"从题诗内容看，画中人物是位陶渊明式的隐士，亲自参加生产劳动。陶渊明为彭泽令，有公田三顷，拟全部种秫（高粱），用来酿酒。因妻子固请种粳，乃使二顷五十亩种秫，五十亩种粳。见南朝梁萧统《陶渊明传》。本诗次句用此。后两句用《世说新语·任诞》典故，王孝伯说："但使常得无事，痛饮酒，熟读《离骚》，便可称名士。"

画面右上方为郑任钥所题七绝：

> 春雨如膏流晚天，长堤老柳摇空烟。
>
> 棕蓑箬笠且归去，晴日仍敧牛背眠。

款署"晋安郑任钥"。郑任钥，字维启，号鱼门，福建侯官人。康熙丙戌进士，官至湖北巡抚。春雨如膏，春天的雨水像脂膏一样滋养农作物。语出《左传·襄公十九年》："小国之仰大国也，如百谷之仰膏雨焉。"诗前两句写江南春雨如雨，滋养万物；老柳逢春，摇曳生姿。后两句写画中人遇雨且归，晴日仍往田畴，牛背堪眠，耕隐于此，实堪羡慕。

画面左下方为陈鹤龄所题五律：

> 山居何所祝，手额是丰年。
>
> 谁洒清明雨，都成杨柳烟。
>
> 荷蓑归陇上，驱犊立桥边。
>
> 好待春膏足，闲游负郭田。

款署"武兴陈鹤龄"。陈鹤龄（？—1726），字鸣九。安州（今河北保定安新县安州镇，唐代称武兴）人。康熙二十三年举人。这首诗通过描写春天景色，表达了对岁丰年稔的祝愿和对山居生活的羡慕。颔联用流水对，轻快流丽。手额，以手加额，表示庆幸。犊，本义为

亂柳蔭蔭草茸茸人在環堵飯牛
攬歸來春湖帶煙雨
梁清標題

雲山漠漠柳陰流水小橋徑深兩棄牧童徒
步穩不騎牛背樹高吟簡于鳩首詩畫真題
詩作畫兩鄉人風流半相同仙去暘醫樓前栻
淡頻　丁亥首明經　壬午先拜席間出小抽索
題畫為茗雲眼詩則江峽門階子同鄉猶好前國
梁公亦官京師時受和有牛者展圖之下不踐令
皆生感悴成截句二首廣陵劉中柱識

新柳搖春葉閑牛闌宋長菩若
牧人歸去小橋濕一片晚煙吹雨來
江舞
怕翁先生屬題博正

新柳蔟蔟霖雨漲潑遍被遊人悠怨
崑山徐炯敏趙
空谷

春雨如膏派挽天長堤夾柳搖
空烟梭蒸笔且旦歸去晴日仍
帢牛背眠　晉安鄭任鑰

虛日
恒石先生大教并題博
正蘭陵後學蕭晨
罔奉

結廬次千江田多樹
林歇來讀荳陸滿飲無

山居何所祝手翹是豐年農清明兩鄉
成搖柳煙荷棄歸壟上賭五橋邊好待
春賣足閑遊負郭田　武興陳鳴鈐

虛日
罔奉
恒石先生大教并題博
正蘭陵後學蕭晨

帢牛背眠　晉安鄭任鑰